大爱山东

爱东

革命战争年代
山东拥军故事

苏　进　黄永仓

编著

济南出版社

图书在版编目（CIP）数据

大爱山东 / 苏进，黄永仓编著 . -- 济南：济南出版社，2024.4
ISBN 978-7-5488-6343-4

Ⅰ . ①大… Ⅱ . ①苏… ②黄… Ⅲ . ①革命故事 – 作品集 – 中国 Ⅳ . ① I247.81

中国国家版本馆 CIP 数据核字（2024）第 073414 号

大爱山东

DAAI SHANDONG

苏　进　黄永仓　编著

出 版 人　谢金岭
策 划 人　张同华　徐　鹏
出版统筹　胡长粤
责任编辑　李　媛
封面设计　胡大伟

出版发行　济南出版社
地　　址　山东省济南市二环南路 1 号（250002）
总 编 室　0531-86131715
印　　刷　东营华泰印务有限公司
版　　次　2024 年 4 月第 1 版
印　　次　2024 年 4 月第 1 次印刷
开　　本　170mm×240mm 1/16
印　　张　12
字　　数　158 千
书　　号　ISBN 978-7-5488-6343-4
定　　价　68.00 元

如有印装质量问题 请与出版社出版部联系调换
电话：0531-86131736

大爱山东

（代序）

山东，是一片对中国革命做出巨大贡献的英雄土地。

在抗日战争和解放战争时期，山东人民怀着对党的无限忠诚和对人民军队的无私大爱，与人民子弟兵生死与共、并肩作战，在齐鲁大地上演奏了一曲曲参军参战、拥军支前的英雄壮歌，他们用鲜血和生命为中华民族的独立和人民的解放建立了卓越功勋。

（一）

1937年7月7日，抗日战争全面爆发。1937年9月30日，日军侵入山东。日军四处烧杀淫掠，狂轰滥炸，制造了济阳、滕县（现滕州市）、金乡和临沂大屠杀等上百起惨案，100余万名同胞惨遭杀害。

在此国难当头、中华民族危急之时，党中央、毛泽东主席高瞻远瞩，做出"派兵去山东"这一决定未来中国命运的战略部署。由此，八路军一一五师主力昂然挺进山东，建立起以沂蒙山为中心、全国唯一一块以一个省为建制的抗日根据地，抗日烽火迅速在齐鲁大地熊熊燃起。勇于奉献的山东人民、英勇善战的地方抗日武装和八路军主力部队同生死、共患难，先后粉碎了日军无数次的"扫荡""蚕食"，击退了国民党顽固派制造的摩擦和袭击，创建、巩固和发展了山东抗日根据地，山东成为敌后抗日的重要战场。

一寸山河一寸血，一抔热土一抔魂。在这场旷日持久的反法西斯战争中，山东军民用血肉之躯，筑起了人民战争的铜墙铁壁，用生命和鲜血创造了英勇悲壮的光辉史诗,涌现出数不清的抗日英模,谱写了惊天动地的历史篇章。

在黄河两岸,在泰山南北,在鲁西平原,在渤海之滨,在胶东半岛,在微山湖畔,到处活跃着抗日英雄的身影。在小山、马鞍山保卫战中,在大青山、马石山突围战中,中国共产党领导人民子弟兵浴血奋战,他们的事迹惊天地、泣鬼神,可歌可泣。抗战期间,他们先后对敌作战7.8万余次,毙伤俘日伪军53万余人,其中山东八路军主力部队对敌作战2.6万余次。当年的战争硝烟,已经成为记忆;山岩的枪眼弹坑,如同历史的雕塑,默默地讲述着山东的革命传奇。

"谁第一个报名参军,我就嫁给谁!"滨海区莒南洙边村18岁的梁怀玉,为动员青壮年参军,毅然许婚。抗日战争期间,山东各地掀起了一次又一次参军热潮。1943年春,山东抗日根据地有5000人参军;1944年"拥军节"一个月之内,有1.5万人参军;1945年上半年,有3.2万人参军,8月又有1.2万人参军。沂水县沂水镇朝阳官庄的王步荣先后将四儿一女送上前线,胶东涌现出兄弟三人一起参加主力部队的感人事迹。母亲叫儿打东洋,妻子送郎上战场,参军的热潮在齐鲁大地涌动,一浪高过一浪。据不完全统计,整个抗日战争时期,山东抗日根据地有40万人参军,壮大了中国共产党领导的抗日武装力量。

兵民是胜利之本。在反"扫荡"斗争中,山东广大民兵积极配合主力部队同日伪军作战,不断对敌人进行扰乱、围困、伏击,并担负维护新区治安和各种战略任务,取得了巨大的战绩。闻名山东的"沭河大戒严",是滨海莒中县(现莒县)民兵运用大联防制服日伪军的一个典型战例。莒中县民兵在区中队的密切配合下,在80千米长的沭河东岸,筑起一道"铜墙铁壁"。英雄的海阳民兵,以地雷战闻名于世。敌人走大路,大路炸;走小路,小路炸;走崖头、山岭、海滩、庄稼地,也会响起地雷。敌人被炸得血肉横飞,对海阳民兵闻之丧胆。在小部队的活动中,鲁南铁道大队是一面鲜艳的旗帜。游击队员那种可以在火车疾驰的时候爬上跳下的本领,创造了许多神话般的奇迹。他们像一把钢刀插进敌人的胸膛,搞得日军胆战心寒。活跃在沿海地区的海上游击队,经常化装成渔民、水手、船工,以短枪、匕首和手榴弹杀伤敌人，夺取物资，破坏敌人的海上交通，挺进敌占岛屿或者潜入敌占海港袭击敌人。被誉为"怀中利剑、袖中匕首"的武工队、游击队，还有规模稍大点的县大队、区中队等地方武装，斗争方式多种多样，伏击战、破袭战、地雷战、地道战、麻雀战等游击战的战术战法，使日军陷入人民战争的汪洋大海之中，他们在配合主力作战、保护人民生命财产安全方面发挥了重要作用。整个抗日战争时期，山东民兵发展到50万人，自卫团发展到150万人，他们协同主力部队先后对敌作战2.6万余次。

勤劳、善良、勇武和富有牺牲精神的山东人民，在抗击日本帝国主义的斗争中，把子弟兵当作自己的亲人。面对敌人的枪口和屠刀，他们机智沉着，毫不惧怕，巧妙周旋，千方百计，甚至不惜牺牲自己的亲生骨肉，掩护子弟兵和革命后代脱离危险。有多少老人不顾个人安危，果断地把子弟兵认作儿子；有多少大嫂、姐妹不顾个人情面，毫不犹豫地把八路军伤病员说成自己的丈夫、兄弟。"沂蒙母亲"王换于、"革命母亲"常大娘、"横山母亲"崔立芬、"沂蒙红嫂"苏成兰、垛庄村四大娘……她们是那样淳朴、善良，又是那样的勇敢、刚强。乳汁救亲人、卖女儿换军粮、断儿女奶养八路娃……齐鲁大地，遍地都是沙奶奶，村村都有阿庆嫂，涌现出无以数计的"革命母亲""山东红嫂"。她们深明大义，冒着生命危险，掩护党政军工作人员和抗日伤病员及家属子女，表现出对党、对军队的无私大爱和对革命事业的鼎力支持。

山东的抗战是异常艰苦的，斗争是极其复杂的。但是勇敢勤劳、坚贞不屈的山东人民，在任何困难的情况下，都始终跟着党走，对抗战的胜利做出了巨大贡献。他们发展生产、支援抗战，在开展减租减息的同时，还进行了互助合作运动，到1944年，组织各种互助合作组织6.42万多个。这些互助合作组织在发展生产和拥军支前方面发挥了重要作用，为抗日战争的胜利提供了丰厚的物资支持。

毛泽东说过："战争的伟力之最深厚的根源，存在于民众之中。"山东抗日战争的历史事实雄辩地说明：人民群众在中国共产党的正确领导下，团结一致，百折不回地战斗下去，不管面对多么强大、多么狡猾和凶恶的敌人，都是可以把他们打败的。

（二）

国共两党重庆谈判后，中国共产党以大局为重，认真落实谈判协定和有关协议，积极调处军事冲突，努力遏制内战爆发。然而，蒋介石违背全国人民的意愿，撕毁停战协定，发动全面内战。国民党军向解放区全面进攻失败后，转为对陕北和山东解放区进行重点进攻。山东军民在党中央的领导下，前仆后继，浴血奋战，先后夺取了定陶战役、鲁南战役、莱芜战役、孟良崮战役、鲁西南战役、济南战役等战役的重大胜利，保卫和扩大了山东解放区。

为了取得解放战争在全国的胜利，按照党中央的部署，山东曾先后两次派出大批军队、干部去东北和江南，大力支援东北人民和大江南北的解放。在淮海战役中，山东组成浩浩荡荡的支前大军，数以百万计的民兵、民工支前参战，将支前小车推到淮海战场。民工们随军走齐鲁、进东北、渡黄河、挺中原、战淮海、下江南，转战17个省、市，足迹遍布大半个中国。

"到前线去，到主力去！""胜利人人有份，参军人人有责！"在整个解放战争期间，随着战争形势的发展与部队作战的需要，山东解放区的参军运动经历了一个由个别地区扩军、小型动员到开展大规模的参军运动；从由个人报名参军到以排、连、营为单位成建制参军的发展过程。1947年，国民党全面进攻山东后，仅一个晚上全省参军民兵就组成了50个团。沂水县北悦庄民兵一次集体参军两个连；胶东区福山县黄山村128名青年集体报名参军，组成了"黄山连"；日照县傅疃村范大娘有三个儿子，长子范崇令、次子范崇相先后在部队牺牲，范大娘又把三子范崇任送到部队。许多村庄获得了"武状元村""扩军模范村""动参模范村"等称号。

兵马未动，粮草先行。为保证部队的粮草供应，山东解放区各级政府抽调大批干部，组织人民群众筹粮、运粮。1947年莱芜战役中，山东调运了3000多万斤粮食到鲁中前线；孟良崮战役中，山东调运了4000多万斤粮食。1948年淮海战役时，苏、鲁、豫、皖四省筹粮9.6亿斤，山东一个省筹粮就达4.52亿斤。据统计，解放战争中，山东省支援前线粮食4.3亿公斤，被服36万多件，食油36.1万公斤，食盐43.4万公斤；有25.9万名妇女为部队做军鞋762.2万余双、军袜 221.8 万余双、军衣 735.5 万余套、军被 177.8 万余床。其间涌现出了"沂蒙六姐妹"、泗水县柘沟妇女运粮队和劳动模范解文卿、甘云卿、张秀菊等先进集体和个人。

"同志们！时间就是胜利！时间就是保证！快过桥！"这是 1947 年 5 月，在孟良崮战役中，沂南县马牧池乡东波池村 32 名妇女肩扛门板，在冰冷刺骨的河水中架起"火线桥"时，向火速奔向孟良崮战场的解放军战士喊出的心里话。为保证部队的行军和军用物资的运送，山东解放区广大群众纷纷上阵，修路架桥。在修复济（南）兖（州）段铁路时，山东解放区动员组织了 18 万民工和 3.6 万修路工人，仅用三个月时间，就修复铁路桥 31 座、铁路 128 千米；之后，又修复兖州以南段铁路桥 47 座、铁路 110 千米。另外，为保证部队行军和物资运输，山东解放区征集各类船只 2500 多艘，担负支前运输任务，为赢得战争胜利做出了突出贡献。

"担架队，几夜不曾睡。稳步轻行问伤病：同志戴花最高贵，疼痛可减退？"这是陈毅元帅在《记淮海前线见闻》中，用诗歌对山东人民抢救、运送、护理伤员的深情描述。解放战争初期，山东解放区就普遍组织了担架队随军服务，抢救运送伤员。1946 年陇海战役中，齐滨县（旧县名，现曹县一部分）县长李荣村带领全县 260 副担架，冒着敌人的飞机和炮火的轰炸，在火线上抢救伤员。1947 年，随刘邓大军渡黄河的东阿担架队，在随军攻打郓城南关时，遭遇飞机轰炸，为减少目标，队员们都脱下褂子，光着背在火线上抢救伤员。解放战争中，山东涌现出了"陈毅担架队""陈毅担架连""陈毅子弟兵团""打不乱、拖不垮的招北县（旧县名，现属招远市）担架队""莱阳钢铁民工团"和"支前英雄"唐和恩、"钢铁担架队员"朱正章、"担架英雄"高启文、"钢铁队长"刘丕典等英模集体和个人。

主力部队以运动战为主，山东解放区广大民兵则担负起了游击战的重任。他们采取牵制性游击战、破袭性游击战、阻滞性游击战、袭击性游击战等战法，阻止和迟滞敌人，为主力部队作战赢得时间。1946 年鲁南战役前夕，地方武装和民兵在郯城县码头、新村一线，沿沂河东岸进行防御，迟滞敌人的行动，使主力部队顺利到达鲁南，抢占先机选好战场，取得战役的重大胜利。1947

年孟良崮战役前夕，鲁中区的人民群众在作战地区采取了大范围空室清野措施，致使敌人饥无食、渴无水、枪无弹，只好做困兽之斗。1948年济南战役中，各地民兵捉获潜逃的国民党官员1000余人，其中有国民党第二绥靖区司令王耀武、副司令牟中珩和国民党山东省党部主任委员庞镜塘。在淮海战役和渡江战役期间，山东民兵组成17个子弟兵团开赴前线，其中有12个子弟兵团执行看押战俘任务，共看押战俘10万余人。在解放战争中，山东战场的每次战役之后，为防止和避免瘟疫的发生，各个战区群众、民兵担负起打扫和清理战场的重要任务，并迅速恢复生产，医治战争创伤。

军队打胜仗，人民是靠山。据不完全统计，从1945年9月到1949年10月，山东先后动员1106万名民兵、民工支援前线，使用146.8万辆大小车、76.5万头牲畜，出动了43.5万副担架，将11亿多斤粮食和大批弹药、军需物资运上前线，把20.4万名伤员转运到后方医院；同时先后有95万余名优秀儿女参军入伍，有11万多名齐鲁英雄儿女血洒疆场，用热血换来了人民的解放和中华人民共和国的诞生。陈毅元帅曾深情地说，"山东人民用小米喂养了部队，用小车推出了胜利"，"我陈毅死在棺材里也忘不了山东人民对我们的支援"。

（三）

最后一尺布送去做军装，最后一碗米送去做军粮，最后一件老棉袄盖在担架上，最后一个亲骨肉送他上战场。这是革命战争年代山东人民支持革命、参军参战、拥军支前的真实写照。

毛泽东曾这样评价山东："山东把所有的战略点线都抢占和包围了。只有山东全省是我们完整的、最重要的战略基地。北占东北，南下长江，都主要依靠山东。""主要依靠山东"，这充分说明了山东革命根据地在革命全局中的突出作用，也充分说明了"人民，只有人民，才是创造世界历史的动力"。我们党把江山与人民紧密联系在一起，表明我们党深刻认识到打江山、守江山必须紧紧依靠人民，始终与人民风雨同舟、心心相印。

习近平总书记指出，"历史是最好的教科书"，"中国革命历史是最好的营养剂"。山东革命斗争波澜壮阔，山东人民对革命的贡献彪炳史册。今年是延安双拥运动80周年，在山东省双拥工作领导小组办公室的支持指导下，我们编辑出版《大爱山东——革命战争年代山东拥军故事》。收集整理这些短小精悍、感人至深的故事，旨在学习先辈事迹，传承红色基因，不忘初心、牢记使命，振奋精神、净化心灵，激励斗志、鼓舞干劲，自信自强、守正创新，踔厉奋发、勇毅前行。

军民团结如一人，试看天下谁能敌。实践证明，只有任何时候都与人民站在一起、想在一起、干在一起，才能凝聚群众力量，创造新的历史伟业。让我们更加紧密地团结在以习近平同志为核心的党中央周围，全面贯彻党的二十大精神，更加广泛开展双拥共建，努力开创山东双拥工作新局面，进一步巩固发展坚如磐石的军政军民团结，为建成世界一流军队、全面推进中华民族伟大复兴做出新的更大贡献。

编　者
2024 年 4 月

目 录

001 ------ "建国之锋"俞宽增

003 ------ 于得水改名记

005 ------ "秀泉亭"的来历

008 ------ "革命母亲"常大娘

011 ------ 常大娘智勇救萧华

014 ------ 宁死不屈见风骨

016 ------ 时大嫂痛打特务

018 ------ 卖地纾难为抗战

020 ------ 放牛娃智送"鸡毛信"

022 ------ 三英烈之父刘永良

025 ------ 送四儿一女上战场

027 ------ 献松林

030 ------ 一门九烈士

032 ------ 拥军支前"四大娘"

035 ------ 一心一意救伤员

037 ------ 一件对襟褂子成为传家宝

040 ------ 西墙峪抗战医院

043 ------ "沂蒙母亲"王换于

047 ------ 拥军模范傅大娘

049 ------ 鲜血浸透的密信

051 ------ 卖女儿换军粮

053 ------ 沂蒙红嫂苏成兰

055 ------ 沂蒙山区的"阿庆嫂"

057 ------ 变卖嫁妆养伤员

060 ------ 胶东乳娘

065 ------ 全村舍命保护八路军伤员

068 ------ 乳汁救亲人

072 ------ 舍子保卫《大众日报》

074 ------ 小小针线包

077 ------ 沂蒙"刘胡兰"

080 ------ 勇闯虎穴传情报

082 ------ 拆庙建起汪洋台

084 ------ 断亲闺女奶养八路娃

087 ------ 新娘送郎上战场

090 ------ 贴心拥军的妇救会会长

093 ------ 西海地下医院

096 ------ 小队员建奇功

098 ------ 张大娘夺枪记

101 ------ 支前模范盛清才

103 ------ 智救小八路

106 ------ 最小的烈士

108 ------ "横山母亲"崔立芬

111 ------ "革命妈妈"郭景林

113 ------ 扈大娘计赚酒肉兵

115 ------ 孟氏母子救八路

118 ------ 秦兴体血洒"红三村"

121 ------ 为了八路军的后代

124 ------ "双山母亲"李传美

126 ------ 许婚动员参军

129 ------ 永远的新娘

132 ------ 担架英雄高启文

135 ------ 跨越时空的画像

140 ------ 冀鲁边区的"刘胡兰"

142 ------ "人民功臣"赵海英

144 ------ "活烈士"韩成山

146 ------ 陈毅担架连

148 ------ 渡江先锋孙以安

150 ------ 柘沟妇女运粮队

153 ------ 妇女火线桥

156 ------ 沂蒙六姐妹

159 ------ 沙河崖改村名

162 ------ 生死不渝"母子"情

165 ------ 一件红棉袄

168 ------ 钢铁队长刘丕典

171 ------ 一根小竹竿

174 ------ 半截老棉袍

"建国之锋"俞宽增

在中共胶东特委（林子西）展馆，有这样一座塑像：一个盘着发髻的老妇人目光坚定地望向远方，在她的身边紧紧依偎着一个孩子。雕塑的上方挂着一块牌匾，上面写着"建国之锋"。这就是英雄母亲俞宽增的塑像。

俞宽增是文登葛家镇林子西村人，是著名革命烈士邹恒禄的母亲。她的丈夫邹连群常年生病不能料理家务，只能靠她支撑贫苦的家

"建国之锋"俞宽增

庭。她为人宽厚善良，深明大义，儿子邹恒禄参加革命后，她凭着朴素的阶级觉悟，很快就理解并支持儿子的革命事业。中共胶东特委和中共文登县委多次在俞宽增家开会、接头，每次她都主动放哨望风，秘密传送情报。1933 年秋，她又支持第三个儿子邹恒德参加中共地下活动，二儿媳妇刘昌锡也是中共地下党员。林子西村党支部同年在俞宽增家成立。为此，俞家被国民党当局称为"土匪窝"，遭到持续不断的打压。

1934 年，二媳妇刘昌锡被当时的国民党文登县县长刘崇武抓进监狱，逼她供出邹恒德、邹恒禄的下落。得知二儿媳刘昌锡被抓，

俞宽增着急万分，她一边传信给两个儿子，嘱咐其不要中敌人的奸计；一边化装成乞丐，沿街乞讨，偷偷给狱中的儿媳送饭，鼓励儿媳要坚强，要挺住。最后，在没有抓到关键人及得到有效信息的情况下，无计可施的刘崇武只得放人。

俞宽增的生活却并没有就此平静。第二年秋的一天，俞宽增正在家里干活，突然一伙人闯了进来。原来，刘崇武又到俞家抓人来了。刘崇武在俞家搜索了一番，没有丝毫线索，就抓住俞宽增说："赶紧把你的儿子和儿媳交出来。"俞宽增冷笑一声说："你们休想在我这里找到人，我一个字也不会告诉你。"

刘崇武被俞宽增的态度激怒了，气急败坏地用棍棒狠狠地抽打俞宽增。老人怎么受得了如此折磨，余宽增被打得奄奄一息，但依然咬紧牙关一声不吭。刘崇武无计可施，继而兽性大发，撕裂她的衣服，用点燃的成扎香火烧她的胸膛，惨无人道地逼她交出儿子，可她依旧宁死不屈。

"奶奶！"敌人的折磨让一旁的小孙子受了惊，他号哭着扑向奶奶，却被兵丁狠狠踢开，没过几天就因惊吓过度而夭折了。

一番搜索无果，刘崇武悻悻地离开了。面对穷凶极恶的敌人，俞宽增更坚定了革命的信心。天福山起义后，俞宽增的革命热情更高了。1938年5月，俞宽增让二儿子邹恒寿带上自己一手抚养长大的两个孙子邹立义、邹礼智，一起投奔山东人民抗日救国军第三军。1939年5月，邹恒禄和邹恒德先后壮烈牺牲。到1944年8月文登城解放时，俞家原本12口人，只剩俞宽增和大儿媳两人。

1946年3月，昆嵛县人民政府在"三模"大会上，赠给俞宽增"建国之锋"巨幅匾额，以表彰她的革命贡献。这块牌匾，成为林子西村人的骄傲，激励着他们充满激情地投身革命事业。

于得水改名记

于得水（原名于作海）是胶东人民心目中的传奇英雄，曾任山东人民抗日救国军第三军一大队大队长、八路军山东纵队五支队十五团团长、东海指挥部副指挥、胶东军区第一分区司令员、浙江军区第六军分区司令员等职务。电影《苦菜花》中于得海团长、《山菊花》中于震海队长的原型就是于得水。

1906年5月22日，于得水出生在文登县洛格庄一个贫苦农民家中。他18岁开始拜师学武艺，19岁加入武术会，早起晚睡练武功，学成了一身好武艺。1931年6月，经人介绍，于得水参加了农民协会。由于出身贫苦，思想进步，又经常接触共产党员，他的阶级觉悟不断提高。1934年3月，于得水任中共文登县委武装小组负责人。1935年6月，他返回胶东，作为东路第三大队队长参加"一一·四"暴动。

"一一·四"暴动失败后，于得水等率领部分幸存人员转移到昆嵛山，成立昆嵛山红军游击队，坚持斗争。昆嵛山红军游击队是土地革命战争后期中国共产党在北方沿海地区的红军队伍。

为掩护于得水和红军游击队，人民群众做出了巨大牺牲。昆嵛山红军游击队曾藏身老蜂窝，从山下到老蜂窝有20多里路，而且当年几乎没有路，很多老百姓冒着生命危险为游击队员运送粮食、传递情报，掩护游击队转移。

村民张元信家做面粉生意，他和弟弟张元刚经常为山中的红军送干粮。为躲避敌人的盘查，他们便选择晚上进山。有时不便直接进山，他们就把干粮交给在山脚下看庵的王开仁老人送。一次，张元信被抓，敌人将他的两个大拇指绑起来吊到空中严刑拷打，张元信宁死也不吐露半点红军的信息。敌人又把王开仁捉来吊打，逼其指认张元信，说出红军游击队的下落，但王开仁也紧咬牙关只字不说。

倪家村的倪德兰被敌人抓去后，遭受各种残酷的刑罚，也没有供出党的秘密，最后被敌人残忍杀害；湾头村高树彬的房子被敌人全部烧掉，儿子高成义被敌人枪毙，妻子被敌人打伤……

一次，于得水走到崮头集一带，从苞米地里钻出七八个敌人，用枪指着他，身后也有十几个敌人向他扑来。于得水趁敌人大意，哧溜钻进苞米地，敌人紧追不放。于得水跳下草堰一看，这里尽是些没穿上衣的老百姓"光溜子"干活。于得水灵机一动，脱掉上衣，只穿短裤，提着枪，向人群跑去。后面追赶的敌人一边打枪，一边喊："抓光溜子！"老百姓一看跑来的是心中的英雄，也都光着膀子跟着跑，最后漫山遍野都是"光溜子"。

跑到安全地带，于得水回头向老百姓连连鞠躬，他知道老百姓在他身后用脊背筑起了一道屏障。子弹是不长眼的，为了保护他，老百姓都豁上命了。

掩护过于得水的群众他能叫上名字的不下百人，还有许多叫不上名字的。他曾感慨地说："没有群众这河'水'，就没有我这条'鱼'。"于是，他改名于得水。

"秀泉亭"的来历

抗日战争时期，中共泰安县委机关驻扎在马庄镇大寺村，为躲避日军"扫荡"转移到了徂徕山空空山洞办公。

1937年，抗日干部朱玉淦将从延安过来的女学生夏莲和何云，交给泰安徂徕村妇女于秀泉照顾。于秀泉一思量："人家两个女学生都参加革命了，我有啥不行的？"于是，于秀泉自告奋勇，主动要求参加革命，从此走上了抗日的道路。

于秀泉当起了县委机关的情报员，不分寒暑，站岗放哨，传递情报。

有一次，有情报说日军要来搜山，但时间不能确定。那时正值寒
冬腊月，外边还下着鹅毛大雪，气温在零下二十多度，可谓滴水成冰。因条件所限，县委无法转移办公地点。于秀泉年近五旬，又裹着小脚，一般不会引起敌人注意，所以她主动为县委站岗放哨。在如此恶劣的天气下，于秀泉站在雪地里不敢回家，怕回家的空隙敌人来了。这一站就是好几天，直到情报解除，于秀泉的脚都冻坏了。

1939年中秋节，日军对徂徕山根据地发起进攻。于秀泉得到消息

徂徕山起义为山东抗日根据地树立了中心

黎玉 一九八五

黎玉的题词

后，第一时间报告给县委。县委领导提前做好战斗准备，与日伪军激战一天。于秀泉冒着枪林弹雨给战士送水送饭。由于准备充分，这场战斗八路军无一伤亡。从于秀泉家到空空山洞都是陡山峭路，斗争最紧张时，她曾一夜往返七次给县委递送情报。

那个时候，日军三五天就来搜一次山。情况紧急时，县委就转移到空空山上的"野人洞"办公。于秀泉便主动担当起为县委送饭的工作，每天步行几十里，刮风下雪从未间断过。有一次送情报途中，于秀泉被伪军盯梢，她急中生智，扭头装作擤鼻涕把情报吃了。伪军上前盘问："你上这干什么？"于秀泉编了个谎话："俺孩了病了，俺上这来找个神老嫲嫲给看看。"骗过了伪军。

后来，于秀泉当了妇救会会长，经常带领群众为部队做军鞋、补洗军衣，给伤病员喂汤喂药，夜以继日地为抗日队伍筹措军粮，捐献款物。为说服青年人参军参战，她把唯一的儿子张学森送往前线参加抗日，受到了徂徕山抗日根据地军民的尊敬。

于秀泉无私地支持抗战，对待抗日干部、战士像对待自己的孩子一样。她的家在半山腰，靠开山吃饭，生活条件很差。但在这样的境况下，她常对过往抗日工作人员留宿留饭，她家被同志们称为"战士之家"，她也被亲切地称为"于妈妈"。

当时的徂徕山区有一个令日军闻风丧胆的抗日英雄叫赵声余。有一年，赵声余身患疟疾，于秀泉格外心疼，她四处问郎中、求偏方，把家里极少的细粮做给他吃，像照顾自己的亲儿子一样照料这位抗日英雄。为了给赵声余买药治病，她还卖掉了家中的一棵老槐树。

山外形势平稳时，于秀泉就把赵声余安置在自己家里。一听到风吹草动，她就把赵声余送到空空洞。在于秀泉的精心照料下，赵声余的病情很快好转。当他要回前线时，感激地喊于秀泉"娘"。于秀泉既高兴又舍不得，一遍又一遍地嘱咐赵声余："千万爱惜自己的身子，再多杀几个小鬼子。"

1942 年 7 月，日军实施"坚壁清野"，将徂徕山抗日根据地变成无人区。于秀泉一家六口搬到邓家庄一场院屋里居住，靠挖野菜充饥。虽然生活十分艰难，但于秀泉对抗战充满信心，她逢人就说："日本鬼子长不了，南山（徂徕山）终究是咱八路军的！"她的话果然没错，仅半年时间，经过根据地军民英勇的斗争，形势逐渐好转。1945 年 8 月 15 日，徂徕山地区也迎来了抗战的胜利，于秀泉高兴得彻夜难眠。

1978 年 8 月，于秀泉病逝，享年 88 岁。为了纪念这位"红嫂"式的巾帼英雄，地方政府在空空山"走神洞"旁的悬崖壁上凿洞为墓，将老人安葬；后来，又在她当年为县委站岗放哨的地方，专门为她立碑建亭，取名"秀泉亭"。

"革命母亲"常大娘

在乐陵市朱集镇刘玉亭村有一位叫刘相会的老人,为革命做出了突出贡献。因她嫁给了聋哑人常培仁,所以大家都亲切地称她为"常大娘"。

1938 年,日军占领了乐陵一带,到处建据点、修炮楼。这年秋天,萧华司令员率八路军东进抗日挺进纵队插入冀鲁边区,开辟了以乐陵为中心的抗日根据地。那年,刘相会 47 岁,已是六个孩子的母亲,她主动为八路军烧水、做饭,跑前跑后,战士们都习惯叫她"常大娘"。

当时的冀鲁边区,局势十分复杂。萧华率部进入乐陵后,广泛发动群众,常大娘有好几个儿女参加了抗日组织,她的二儿子常树芬化名丁文魁、小女儿化名丁秀文展开了地下斗争。常树芬带领民兵配合

常大娘于德州留影(前排左二)

八路军挖壕沟，扒日军的公路、铁路。日军白天填，他们夜里挖，三年没睡过一个囫囵觉。

常大娘家是八路军的一个秘密活动点。那时，日军天天进村"扫荡"，部队被打散了，大家首先想到的是到常大娘家集合。一天拂晓，腿部受伤的独立营副营长张子斌刚被送到常大娘家，在东墙外放哨的丁秀文就发出了敌人进村的信号。不由分说，常大娘把张副营长摁到炕上，顺手拉过一条被子，连头带脸蒙了个严实。伪军闯进来后，她谎称是自己的孩子发高烧捂汗，骗过了追查。在常大娘的精心照顾下，十多天后张副营长伤愈归队。

张副营长走后，八区的组织干事袁宝贵又被送到了常大娘家。袁干事身上长满了疥疮，手烂得拿不住筷子，腿烂得不能走路。常大娘每天给他喂水喂饭、端屎端尿。夜里，袁干事浑身疼痒难忍，常大娘便烧好水，慢慢地给他擦洗。常大娘听说用硫黄熏能治疥疮，就找来硫黄，放在盆内燃着，让袁干事蹲在上面熏。半个多月后，袁干事康复了。临别前，他含着热泪说："大娘，您就是我的亲娘！"渐渐地，凡是来常大娘家养伤、开会、住宿的八路军，都亲切地叫她一声"娘"。萧华司令员在她家养伤时，也拜她为"干娘"。

乐陵市档案馆珍藏着一张手绘地图，那是常大娘一家所挖地道的示意图。这些地道是1942年秋天常大娘家根据上级指示挖成的，除了挖开会用的大洞时有组织上的人帮忙，其余的只能靠常大娘一家人动手挖。当时，树芬和秀文在地下挖，常大爷在上边倒土，小儿子树春在村里一边玩，一边放哨。常大爷耳朵聋，常大娘就在他腰上拴一条绳子，洞下装满土，拉一下绳子，他就把土车拽上来。为了不引起村里人的怀疑，他们把挖出来的土一部分填了沟，一部分运到村头湾边，再用稀泥封起来，泥成粪堆的样子。

地委书记李广文办公用的洞在西屋的地下，洞口设在喂牲口的石槽下面。洞里放着饭桌和小凳子，洞的西边直通到西墙外的沟边，但没有打通，仅留有半尺厚的土层作为预备出口，如有不测，用脚踢开土层，即可沿沟跑出村外。其他几个洞大致相仿，都备有紧急出口。地委、县委、区委领导的地下办公室互不相通，据说这也是迫于当时严酷的形势。从此，常大娘家便成了冀鲁边区第三地委和县委机关驻地，常大娘全家也就成了"机关工作人员"。

抗日战争胜利后的 1945 年秋，中共渤海区第一地委奖给常大娘一面锦旗，上书"向在抗战中立下不朽功勋的革命妈妈常大娘致敬"。锦旗挂在一根八九米高的杆子上，竖在常大娘的院子里迎风招展。

1946 年，毛泽东主席听说常大娘的事迹后，亲笔为她题写了"大爱为国，革命母亲"八个大字。

常大娘智勇救萧华

1938 年的一天，八路军抗日东进挺进纵队司令员兼政治委员萧华和参谋长邓克明、秘书杨洪跃等人聚集在常大娘家，一起讨论今后的抗日斗争形势。常大娘则坐在大门外，一边飞针走线，一边放哨。

"姑娘扎的红头绳，孩子穿的虎头鞋，老太太用的针头线脑，老爷子用的烟袋锅，还有老多新鲜货，买不买的都来瞧瞧咧！"这时，从村东头走来一个挑着担子的麻脸货郎，一边走一边吆喝。

常大娘暗自揣摩，这人不是邻庄外号叫麻二的孙殿运吗？日军一到乐陵，他就跑进城里当了汉奸，现在怎么又成了货郎？看来是夜猫子进宅——凶多吉少啊！

常大娘匆匆进了屋，神色紧张地说："有情况！"

萧华一听，马上对邓克明和杨洪跃说："今天咱们就到这里，你们二人先离开这里，去枣林通知战友们隐蔽起来，以防不测。"

"萧司令员，你呢？"邓克明问。

萧华沉着地说："我先在这里躲藏一会，下午宣传部部长关锋同志要来找我汇报情况，我在这里等他。"

常大娘对邓克明和杨洪跃说："你们就放心吧，有俺在，就不会让萧司令员出问题。"

这时，村子里传来一阵狗叫声，大街上人声嘈杂，好像有很多人往这边涌来。常大娘打了个激灵，迅速在院子里的枣铺上扒拉出一片空地，对萧华说："萧司令员，你赶快躺上去。"

萧华来不及多想，跳上枣铺躺在了上面。常大娘用枣子把萧华的整个身体埋了起来，只在鼻孔处留了个洞。做完这些，常大娘直起腰，伸手叫来儿子常树芬，嘱咐道："你先躲到后院的院墙边，要是听见我用勺子敲缸沿儿，就翻过院墙，往村外的枣林里跑，弄出点儿动静，跑得越快越好。"

常大娘刚布置完毕，一群端着枪的汉奸和鬼子呼啦啦闯进院子里，领头的正是那个货郎麻二。

麻二威胁常大娘："早听说萧华在你家开会，要是识相呢，就赶快把萧华交出来，否则杀你的头，烧你的房子！"

常大娘昂起头，不卑不亢地说："萧华是谁？俺还不知道他长得三头还是六臂呢，你凭啥管俺要萧华？你这不是无中生有，满嘴喷粪吗？"

麻二恶狠狠地说："你甭嘴硬，我要是搜出来，就别怪我对你不客气了。弟兄们，给我搜！"

汉奸和日本兵开始在常大娘家里翻腾，屋里屋外，翻箱倒柜，什么猪圈、厨房、柴火垛都找了个遍，连个人影也没有。

"你的，撒谎的干活，死了死了的有！"领头的日本官气得将头上的钢盔一摘，怒气冲冲地扇了麻二一个嘴巴。麻二捂着腮帮子申辩："太君，我没撒谎，我亲眼看见有几个人进了大常家村，其中就有那个萧华，他们在常培仁家门口一闪不见了，不是在她家能去了哪里？"

日本官用手摸着下巴沉思，尔后瞪着一对母狗眼在院子里来回扫视，突然，他的目光停留在了晒枣的铺子上……

常大娘一看这情况，心都提到嗓子眼了，她抄起一把勺子，走到咸菜缸跟前，随时准备敲下去。

日本官走到枣铺子跟前，拿了一颗枣子扔到嘴里嚼着："好甜的枣子啊！来人，全部给我带回据点去！"

日本官话音一落，汉奸和日本兵就围过来要收枣子。常大娘一看，着急地一边用勺子使劲敲打着缸沿儿，一边大声冲后院喊："鬼子来了，你还不快跑，等死啊！"

早已等在后院的常树芬听见母亲发出的信号，故意弄出很大的动静翻过墙头，向村外的枣林跑去。

日本官听见后院有动静，跑过去一看，见一个人影翻墙而去，忙一挥手，率领日本兵、汉奸追了出去。常大娘家后院不远处就是枣林，等他们爬过墙头追出去时，常树芬早已钻进了枣林。

此时，常大娘见日本兵、汉奸跑远了，忙从枣堆里把萧华拽出来说："萧司令员，那群坏蛋被俺儿子引开了，你快从前门走，免得他们一会折回来就麻烦了。"

"叭叭……"枣林那边传来枪声。萧华担心地说："也不知树芬兄弟怎样脱险？"

"你放心，萧司令员，枣林里是咱们的天下，敌人不熟悉地形，在里面晕头转向地讨不到便宜。"常大娘信心十足地说。

萧华最后嘱咐常大娘，让她下午去村口迎着关锋，不要让他来这里见面了。然后，他急匆匆地告别了常大娘。

日本兵和汉奸在枣林折腾了半天也没抓住常树芬，气急败坏地收了兵。

宁死不屈见风骨

枣庄市薛城区常庄镇店子村的黄学英老人，人们都叫他"大老殷"。她是小说《铁道游击队》里"芳林嫂"的原型之一。

黄学英出生于1906年，她嫁到店子村后，因婆家姓殷，乡亲们称呼她为"老殷"。殷家穷，为了度日，她常挎个油条篮子上街叫卖，这也就成了她为铁道大队传递情报的职业掩护。

1938年3月，临城沦陷，之后不久黄学英以卖油条为掩护，成为地下党组织的情报员。当时她30多岁，相貌不出众，又故意邋里邋遢的，因此往来于日军、汉奸的眼皮底下也引不起敌人的注意。她经常出没在车站大墙里、日军的军事区域，装作拾煤焦堆，吆喝卖油条、烟卷，而她的篮子底层放着共产党的传单，有时也藏着重要情报。不管是阴天下雨，还是白天黑夜，只要她接到上级的指示，就立即冒着风险传递情报或口头报信。她的性格表面看似开朗，实则内向深沉。平时，她不动声色就把一切看在眼里、记在心上，一旦遇到危险，她一个哈哈两个笑就挡过去了。

黄学英不单单为铁道游击队送情报，她还勇敢地参加抗击敌寇的斗争。她暗地里借送情报的机会，只要是碰到有敌人单枪匹马，她就一反常态，抢夺敌人的枪支，与敌人英勇搏斗，视死如归。一次，在古井的"一拱洞子"检查口，她正在那里叫卖香烟、油条，突然碰到两位铁道游击队队员在与一个日本兵搏斗，她放下篮子就上去帮忙。厮杀中她从日本兵的后腰部抽出刺刀向其胳膊猛刺，在三人的配合下，黄学英从敌人手中夺走了一支"三八大盖"。

1942年3月，上级命令铁道大队回山里整训。这时，有个别队员背叛革命，投靠了临城日本宪兵队。他们网罗地痞流氓，活动在微山湖边的郗山一带，直接威胁着八路军湖上交通安全。黄学英受上级委派，进临城侦察敌人的活动情况。她像往常一样用篮子挎着油条，打扮得邋里邋遢。这时，大老殷的身份已被叛徒出卖，她刚走到临城车站附近的大街口，叛徒张开胜便带着四五个人气势汹汹地围了上来。

张开胜恶狠狠地说："大老殷，老子可知道你是什么货色了！今天你跑不了了！"随即，黄学英被五花大绑地带到了日本特务队长松尾的办公室。

松尾假惺惺地说："八路要完蛋了，你不说出交通站的人，就死啦死啦的！"任凭他们软硬兼施，黄学英就是不开口。

松尾气急败坏地把黄学英扔进一间阴暗的牢房里，连续13天没给她饭吃，干渴和饥饿折磨着这位瘦弱的中年妇女。幸好天降大雨，关押她的牢房漏雨，她就靠着一点雨水活了下来。为了填肚子，她硬是把一件破袄里的棉花全部吃光了，敌人用尽各种酷刑也问不出口供，最后下了毒手。敌人把她拉到临城东门外，捆到一棵槐树上，放开日本狼狗，企图把她活活咬死。由于被关在牢房的时间太长，她满身污臭，狼狗扑了五次，竟都没下口，敌人便丢下她走了。

事后乡亲们把昏迷不醒的黄学英从树上解下来，送回她的娘家，她竟奇迹般地活了下来。但是由于敌人给她灌了辣椒水，她的眼睛从此看东西模糊，几乎失明。后来她不再做情报工作，改做铁道队的其他工作，她依然竭尽全力为党工作。

中华人民共和国成立后，人民政府对她做了适当的安置，并给予一定的生活补助。1977年12月，黄学英因病逝世，被安葬在店子村南靠近蟠龙河岸的大堤下面，墓碑上面落有"巾帼英雄黄氏"六个字。

时大嫂痛打特务

时大嫂名叫郝贞,出生于1916年,是峄县(今枣庄市峄城区)常庄镇六炉店人,也是小说《铁道游击队》中"芳林嫂"的原型之一。她出生于一户贫苦的渔民家庭,自幼勤劳能干,经常随父母和姐妹去湖里捕鱼、捉虾、拾湖产。她在船上长大成人,因而长了一双大脚。18岁那年,经人介绍,她同临城三街的铁路工人时福友结为夫妻。人们按当地风俗称她为"时大嫂"或"时大脚"。

1938年3月,临城沦陷,时福友被日军抓到兵营做饭。后来,临城日军多次遭到鲁南铁道大队袭击,损失惨重。1939年9月,敌人怀疑时福友私通八路军,用刺刀把他活活捅死。

郝贞发誓为夫报仇。为躲避敌人的迫害,她带着两个年幼的儿女,回到娘家六炉店。1940年7月,鲁南铁道大队由枣庄转移到津浦铁路以西的六炉店一带。大队长洪振海非常同情郝贞的不幸遭遇,经常将从敌火车上搞来的物资赈济她,并教育郝贞多为抗日做贡献。

有一天,郝贞发现了洪振海的身份,就对他说:"兄弟,你早该跟大嫂说明白,我找你们多时了。从今日起,我就是铁道大队的人了,有啥事,吩咐就是了,我也要为国效力,为死去的丈夫报仇!"从此,郝贞的家就成了铁道大队的秘密联络站,郝贞被吸收为交通员,积极为铁道大队站岗、放哨、洗衣、做饭、侦察敌情、递送情报和掩护伤病员。她常常冒着生命危险,到临城以卖煎饼为掩护,把抗日宣传品夹在煎饼里,巧妙地躲过日伪军的岗哨和巡逻兵的搜查,在临城各处张贴、散发，引起日军的很大恐慌。

1941年12月，铁道游击队大队长洪振海带着曹德清、李云生等五名队员在六炉店一带活动。临城特务头子松尾一郎从叛徒黄文发那里得知洪振海的行踪，亲自带三个特务混进六炉店，妄图暗杀洪振海。此时，洪振海和杜季伟、王志胜正在开会，郝贞在村头放哨。郝贞发现情况后，急忙跑去报告给了洪振海。

这时，松尾已摸到了洪振海住的院子外。只见松尾和翻译苏克辛持枪闯进院子，王志胜随手向院子里甩了一枚手榴弹。特务听到爆炸声后，知道游击队已有准备，边开枪边往村外跑。洪振海等人就开始追捕，双方展开激烈的枪战。两个特务躲在一个秸秆垛里抵抗，子弹打光后就乖乖投降了。

特务头子松尾和苏克辛被困在一个破旧的院子里，见情况不妙便分头逃跑。苏克辛刚翻出院子就被游击队队员马福全击毙。气喘吁吁的松尾跑到村头时，被郝贞拦腰抱住，松尾甩了几下硬是没把她甩开。郝贞大喊："特务头子在这，快来人啊！"狡猾的松尾脱掉棉袄趁机逃脱，郝贞急忙掏出手榴弹朝着松尾甩了出去，刚好击中松尾的脑袋。只见头破血流的松尾一个趔趄，差点摔倒在地。但是，情急之下的郝贞忘了拉弦，手榴弹没有爆炸，松尾侥幸逃脱了。

后因叛徒告密，郝贞被捕入狱。在审讯室里，面对凶残的敌人，她毫无惧色，大喊道："一切都是老娘干的，铁道大队的事情老娘都知道，但绝不会告诉你们这群畜生！"她受尽酷刑，但始终守口如瓶，后经组织营救，终于逃出敌人的魔掌。

后来在铁道游击队的革命斗争中，郝贞和洪振海慢慢产生了感情。在小说《铁道游击队》中，"刘洪"与"芳林嫂"的爱情故事，便是取材于他们俩的真实事迹，铁血铮铮中的一丝柔情让不少读者为之深深感动。

卖地纾难为抗战

1899 年，刘桂清出生在微山湖西岸江苏沛县大屯乡徐楼村一个贫苦农民家里。她 18 岁时与临城刘庙村青年刘应奎结为夫妻，她的三个儿子都是铁道游击队队员，其中三儿子刘宗礼是铁道游击队大队长刘金山的通讯员。

1938 年 3 月，日本侵略者的铁蹄践踏了临城一带，当地民众自发掀起了抗日活动。已近不惑之年的刘桂清受铁道游击队影响，在地方党组织的启发教育下，走上革命道路。她在村里带头给抗日武装做军鞋、送军粮、掩护伤病员等，表现非常出色。

1940 年 7 月，洪振海、杜季伟领导的鲁南铁道大队在临城南北的津浦铁路一带活动。刘桂清的家成了铁道大队的联络站，她积极为铁道大队传送情报、侦察敌情，为在她家落脚的队员站岗放哨、安排食宿等，队员们都亲切地喊她"刘二嫂"。

后来，她看到铁道大队不断扩充、新队员不断增加，而武器装备和后勤补给不足，便主动地通过各种关系为铁道大队筹集钱款，购买枪支、弹药和药品等。为了支援铁道大队，她卖掉了家中仅有的几亩好地，换成粮食送给铁道大队，而自己一家人却吃糠咽菜。

刘桂清不仅自己积极从事抗日活动，还时常发动儿女们为铁道大队传递情报，为在自己家落脚的铁道队员站岗、放哨和安排食宿等，对他们照顾得无微不至。铁道大队的领导同志经常在她家开会和休息，伤病员在这里救护、养伤，大家感到非常安全，十分放心。当她得知铁道大队因战斗任务的需要急需扩充力量时，便毫不犹豫地将三个儿子送去参加了铁道大队。

1942年，一个寒冷漆黑的夜晚，鲁南铁道大队中队长田广瑞叛变投敌，妄图在刘桂清家里枪杀刚被鲁南军区派来铁道大队任政治协理员的赵宝凯。在关键时刻，刘桂清沉着机智地大声劝解田广瑞，并阻止他开枪。赵宝凯趁田广瑞不注意，在刘桂清全家的帮助下，迅速隐蔽起来。田广瑞因心中有鬼，便慌不择路地逃出了刘桂清家。为了把田广瑞叛变革命的情况报告给铁道大队，刘桂清不顾叛徒的拦截、盯梢，冒着生命危险，颠着一双缠裹过的小脚，连夜把田广瑞叛变的情报送给正在执行任务的部队，避免了更大的损失。

还有一次，沛滕边办事处主任王墨山遭到敌人追捕，跑到刘桂清家里，敌人尾随而至，挨家挨户搜查。刘桂清把王墨山藏在了水缸里，与搜查的敌人巧妙周旋，王墨山才躲过了一劫。

1944年的一天，刘桂清得知日本特务队要偷袭铁道大队的消息后，机智地躲过日军的几道关卡，连夜将情报送到铁道大队。大队领导立即率队转移，迂回到特务队回来的必经之地，打了一个漂亮的伏击战。

由于叛徒出卖，刘桂清曾于1941年5月和1942年7月两次被捕。其间，她被敌人用皮鞭、老虎凳、烙铁、灌辣椒水等酷刑折磨得死去活来。她的骨头被打断，后背被烙铁烙得血肉模糊，但这些严刑拷打都没能动摇她的革命意志和斗争精神，她始终没向敌人屈服。

中华人民共和国成立后，刘桂清担任济南市槐荫区政协委员。1985年12月，刘桂清在撰写回忆录时，不幸突发脑出血，病逝于济南，终年86岁。

放牛娃智送"鸡毛信"

1927年，董成森出生在平度南村镇前双丘村一个贫苦农民家庭。他6岁时，母亲和弟弟被土匪掳走，父亲讨说法时被打成重伤，董成森小小年纪便挑起了家庭的重担。

1938年1月，日军占领青岛。正随父亲在青岛做苦力的董成森，平静的生活再起波澜。日军规定：在青岛，小男孩到了12岁就得上日本学校，毕业后去当日本兵。

"这不行，中国人咋能当日本兵！"父亲坚决反对，便卷起铺盖带着他连夜返回平度老家。这样一来，父子俩的生活没有了着落。无奈之下，11岁的董成森只好去给地主家放牛。那时候，日军在平度占领了大片土地，修建了许多炮楼，给这一带从事地下武装工作的胶东军区南海军分区带来了很大麻烦。从小仇恨日军的董成森便利用放牛的机会给八路军传递情报，当起了交通员。每次给八路军传递情报时，董成森不是把信藏在割草的篓子里，就是放在牛背搭子夹层内。因为是放牛的小孩，敌人不怎么怀疑，董成森每次都能顺利通过关卡，多次圆满完成了送信任务。传递情报的次数多了，董成森也渐渐积累了与日伪军斗争的经验。

一天傍晚，交通员将一封信交给董成森，并再三叮嘱，一定要在晚饭前把信送到南村日军据点附近的后斜子村，如果遇到紧急情况，这封信千万不能落到敌人手里。董成森明白，八路军肯定又有重大军事行动了。这次，他把信搓成长条，小心翼翼地藏在赶牛鞭子里出发了。

这时，正值夕阳西下，秋日的胶东半岛上洒满金色的夕阳余晖，远处的山峦披上晚霞的彩衣，那天边牛乳般洁白的云朵，也变得火一般鲜红。董成森来不及欣赏这如画的美景，他把鞭子插在腰上，只顾疾步行走。快到后斜子村时，他恰巧碰上一股伪军从外边回来，准备进日军据点。在等待放吊桥的间隙，一名伪军走到董成森面前，左瞅右瞧，突然揪起董成森的领子问道："小孩，你是哪个村的，干什么去？"董成森抬头看了伪军一眼，镇定地回答道："我是前双丘村的，去后斜子村姥姥家。"

刁钻的伪军没有轻易放过他，他们翻遍董成森全身，也没得到自己想要的东西。伪军看到董成森别在腰上的牛鞭子不错，一把夺了过去，说："小孩，你的鞭子挺好的，给我玩两天。"说着抢了过去。

"鞭子里藏着重要情报，决不能落在敌人手里。"想到这，董成森冲上去欲夺回鞭子。谁知，伪军将鞭子高高地举起，董成森个子矮，踮起脚尖也够不着。这时，董成森灵机一动，抓起伪军的胳膊，狠狠地咬了一口，只听"哎呀"一声，伪军一甩手，把董成森摔倒在地。

"小孩，你属狗的，咋还咬人！"恼羞成怒的伪军将鞭杆一折两段，恶狠狠地扔在地上，那封信也露了出来。千钧一发之际，董成森一个翻滚压住鞭子，号啕大哭，两只脚交替蹬起浮土，大声地嚷道："你们赔我鞭子，赔我鞭子……"惹得伪军哈哈大笑。这时，吊桥缓缓放下，伪军见状，不再与董成森计较，在一阵哄笑中走进据点。董成森趁机把情报塞进衣兜，过了关卡，顺利地完成了任务。

在与八路军的多次接触中，董成森渐渐地懂得了革命道理。15岁那年，他申请加入八路军，正式成为一名抗日战士。此后，他多次在战斗中立功受奖，并有幸参加了1949年国庆大阅兵，受到了毛泽东主席的检阅。

三英烈之父刘永良

1891 年，刘永良出生在沂蒙山区莒南县坊前镇聚将台村的一个贫苦农民家庭。

在那个土匪横行、军阀混战的年代，刘永良靠打长工维持生计，常常是衣不遮体，食不果腹。为了生计，他学会了吹长号，富人家办红白喜事，他就去给人家当吹鼓手，挣点钱养家糊口，勉强度日。

1933 年夏天，因土匪栽赃陷害，刘永良坐了半年监狱。失去了顶梁柱的家庭更是一贫如洗，不知是否还有出头之日的妻子，在丈夫被抓之后，撇下丈夫、孩子服毒自杀。

出狱后的刘永良看透了国民党政府的腐败，更加痛恨黑暗的旧社会。1934 年，刘永良接受了在该村以教书为名进行革命活动的共产党员曹明楼的教育，懂得了许多革命道理。1938 年春，日本侵略者的铁蹄踏上了沂蒙山区，莒南成为沦陷区，处于水深火热中的刘永良更加坚定了革命的信念。这年，村里成立了党支部，他积极参加抗日活动，带头加入农救会组织，任农救会会长。1940 年，八路军——五师主力挺进沂蒙山区，莒南县成为中国共产党领导下的红色抗日根据地。刘永良带头参加党组织的抗日活动，积极向群众宣传革命道理，组织青壮年参军。

1940 年春天，八路军组织群众召开参军动员会。刘永良第一个走上主席台，他声音洪亮地说："国家兴亡，匹夫有责，国难当头，我们每一个中国人都应该为国出力。我们做父母的都要学习古代岳母为

群众参军

儿子岳飞刺字的精神——'精忠报国'，把自己的儿子送上前线，杀敌立功。今天，我作为农救会会长，在这里带头为大儿子报名参军。"

于是，刘永良19岁的大儿子刘福林告别了年轻的妻子和亲人们，奔赴抗日战场。

送走大儿子后，刘永良在农救会里工作的劲头更大了，他积极组织会员和民兵站岗放哨，抗击日伪军的"扫荡"活动。

1942年，抗日战争进入最艰苦的阶段。看着自己刚满17岁的二儿子，刘永良就盘算着让他为抗战做点事。这天，他亲自带着二儿子刘孟林来到区中队，当着队长的面，他嘱咐儿子："不把日本鬼子赶走，你就别回家！"

两个儿子在前线打敌人，刘永良在家带头从事农救会工作。在他的带动下，两个儿媳妇也都成了妇救会积极分子，积极为八路军推磨、碾米、做军衣，支援前线。

1946年，内战全面爆发，有山东省"小延安"之称的莒南县开展了大规模的参军参战运动。3月，中共莒南县壮岗区委在驻地桃花峪村召开参军动员报名大会。刘永良在会上动情地说："1942年我送二儿子参军时，就曾说过一定要抗战到底的话，今天为了全中国的解放，我坚决再把最后一个儿子刘洪林送上前线。"

1947年和1948年，刘永良的大儿子和二儿子先后牺牲在解放战争的战场上。1950年，三儿子刘洪林在抗美援朝战争中壮烈牺牲，把热血洒在了异国他乡。噩耗接连不断，刘永良悲痛欲绝，他心中的苦楚是常人难以想象的，但他都挺了过来。他对前来安慰他的领导说："只要党需要，我还有孙子，再让他报效国家。"

在受封建思想束缚了几千年的旧中国，妇女改嫁是一件见不得人的事。然而，刘永良却勇敢挑战旧习俗。三个儿子牺牲后，他强忍悲痛，劝儿媳妇改嫁，像陪送亲闺女一样，先后将三个儿媳妇嫁了出去。

为了表彰刘永良忠诚爱国、热爱集体的壮举，1953年10月1日，莒南县人民政府赠送给他一块"为人民牺牲光荣"的牌匾。

一门三烈士，刘永良从不居功自傲。他在世时，只享受国家规定的烈属补助，而把分到他名下的救济粮款等无私地让给别人。1963年，他当选为山东省第三届人民代表大会代表。1976年，刘永良病逝。2005年，时值抗战胜利60周年，中共山东省委原书记苏毅然欣然为刘永良题词"一门三烈刘永良"，并为由刘永良之孙刘炳茂编著的《三英烈之父刘永良》一书题写了书名。

送四儿一女上战场

"朝阳官庄彭大娘，拥参工作做得强，母送子来妻送郎，彭大娘四儿一女上前方。"这是 1945 年《大众日报》刊发的一首脍炙人口的歌谣。歌谣中的"彭大娘"名叫王步荣，是沂水县沂水镇小滑石沟村人，19 岁时嫁给朝阳官庄村的彭纪忠，人们都称她为彭大娘。

王步荣

彭大娘 34 岁时，丈夫不幸病故，五个孩子全靠她一人抚养。尽管她披星戴月地干活，还是养活不了六口人，只好将大儿子、二儿子送到地主家当长工。

1933 年，王步荣光荣地加入中国共产党。她带领全村妇女站岗放哨、支援抗日前线。1938 年，她被选为朝阳官庄村妇女救国会会长。

当时，王步荣的家是共产党的一个秘密联络点。武装队队员黄传真在执行任务时被敌人逮去，胸前的肉都被敌人用蜡烛烧坏了。黄传真被营救后，被安排在王步荣家养伤。王步荣冒着生命危险上山采集草药，配制土方给他治疗。在王步荣的精心护理治疗下，黄传真恢复了健康。那时候，好多地下工作人员都吃住在她家，在她的掩护下，大家成功躲过敌人一次次的"扫荡"。

王步荣还多次发动全村妇女开展"每人每次捐献一双军鞋"运动，全村 50 多名妇女积极响应，争先恐后赶做军鞋，三次共做军鞋 150 多双。

随着沂蒙山区抗日形势的发展，八路军部队急需扩充。王步荣率先动员自己的二儿子彭润水参加了八路军。她说："人家八路军千里遥远来咱这里打鬼子，图什么？还不是为了咱老百姓嘛！我看得清亮，跟着共产党走，才有好日子过。"

1939年，二儿子彭润水在莒县下河城战斗中英勇牺牲。消息传来，王步荣没有被悲痛打倒，又将三儿子彭润田送到区中队。她说："我二儿子牺牲了，部队有了损失，我再将三儿子交给部队，你们要多消灭敌人，为我家老二和牺牲的同志们报仇。"

1942年，抗日战争进入最艰苦的时期，部队伤亡较大，急需补充力量。这时，王步荣又将刚满14岁的四儿子彭润河送上了前线。

部队急需医护人员救治伤病员，王步荣便将唯一的女儿彭润彩送往部队，并动员本村的徐素珍和另一个姑娘一同前往。

1945年秋，沂蒙解放区掀起了大规模的参军运动，王步荣心一横，又把本来要留在身边养老的大儿子送去参军。当时，王步荣已经55岁，她大儿子的孩子还不到1岁，她硬是让他第一个报名参了军。

在她的带动和影响下，全村出现了母送子、妻送郎、兄妹相送、爷仨争参军的热烈场面。到1945年底，朝阳官庄村70多户人家，参军参战的就有76人，成了远近闻名的"军属村"。

献松林

潍坊市寒亭区开元街道北张氏村西南角有一处遗址，名曰：张氏松遗址。该遗址历经风雨沧桑，向后人诉说着不屈的历史。

宋朝景祐二年（1035 年），南、北张氏村王姓家族建立王氏祖茔，同时植松树两株。到 20 世纪 30 年代，王氏茔地已形成方圆 60 亩、遍植苍松翠柏、在潍北一带远近闻名的墓田。墓田内种植的松柏郁郁葱葱，树龄都在百年以上，最粗的树三四个人手拉手都抱不过来。近百年来，这个墓田一直被王氏家族 1000 多户人家视为圣地，严加管护。

1938 年，日军占领潍县后，决定砍伐墓田里的树木，修筑碉堡。日军刚砍了几棵松柏，就激起了王氏家族的共愤，上千人手拿自制武器，与日军展开了殊死搏斗。

解放战争时期，特别是潍县战役前期，华疃区（今寒亭区开元街道）周围几十个村、方圆几十里的树木，大都被国民党军队砍去修了碉堡，做了鹿砦。但畏于王姓族大势众，国民党军队没敢动墓田里的一棵树。

1948 年 4 月，潍县战役开始后，华东野战军山东兵团四个师进驻潍县城北地区。当时，潍

潍县战役城墙突破口

县周围的树木大都被国民党军砍光，老百姓平时都缺烧草，解放军几万人吃饭烧柴成了大问题。

潍北县委、县政府召开紧急会议，专门研究解决支前问题。华疃区区长王华彬得到任务，设法解决两个师烧柴和修工事的木料。会后，王华彬紧锁眉头，陷入沉思。忽然，他眼睛一亮，想到了墓田那片松林。

王华彬想，如果把这片树林砍了，烧柴、木料问题可就全部解决了。他想着想着，不知不觉地走进了南张氏村村长王日光的家门。王日光说："这可是件大事，得好好和大伙商量商量。"他和区长找到南、北张氏两村的村干部和有威望的家族长辈商量，决定立即召开王姓村民大会，由大家做主。

会场就设在墓田里，两村群众 2000 多人参加了会议。王日光开门见山地说："解放军马上就要打潍县城了！可是，现在子弟兵几万人马的烧柴遇到困难，县委要求我们帮助解决，今天请大家来就是商量这件事。"话音未落，会场立即沸腾起来。

"砍伐墓田里的松柏就破坏了王氏家族的脉气，这树不能砍伐！"有人带头发言。

"1938 年日本鬼子来潍县，烧杀抢掠，奸淫妇女，无恶不作，还砍伐我们的松林修筑碉堡，我们拼死抵抗才保护住了松林。"王华彬顿了顿，接着说，"1947 年国民党占领潍县，抢粮杀人。在短短的 10 天时间里，就杀害革命群众 494 人。在这次屠杀中，他们手段极其残忍，有活埋、铡刀铡、火烧、零刀割、大卸八块、开膛扒心、点天灯、卷苦子、披麻戴孝等，制造了骇人听闻的'李家营惨案'。松林没被砍伐，但没有护佑住我们。"这一席话，说得大家沉默了。

村长王日光接着说："解放军是人民的军队，是来攻打潍县城，活捉陈金城，为咱老百姓报仇雪恨的！不打垮国民党，咱劳苦大众能彻底翻身做主人吗？"

寂静的会场中突然有人提议贡献松林，立即得到了很多人的响应。大家高喊："行！献出松林，帮助解放军打潍县！"王日光见大伙情绪高涨，便大声说："树是大伙的，大伙说了算，同意砍树支援前线的举手。"顿时，2000多只手臂齐刷刷地举了起来。王华彬非常激动，他站在一个高台上喊："我代表区公所，向张氏村村民敬礼！打开潍县后，再给你们请功！"说着，向大伙深深地行了个鞠躬礼。

大会结束，村民们立即拿来了锨、镐、锯，开始伐树。县委得知情况后，马上派战勤科崔文林等组织周围村庄群众前来增援。经过几天奋战，大树基本上被砍倒了，大家把它们整理成木柱、木板和木柴。乡亲们用大车、小推车把几千立方米的木柴、木料送往部队驻地，解了部队的燃眉之急。

为了纪念这一事件，张氏村群众特意把最大的两棵松树"大松""二松"留下来，并加以保护。这两株古松至今仍矗立在潍北大地上，它们是人民群众热爱子弟兵、无私支援前线的历史见证。

一门九烈士

刘旭东出生在益都县（今青州市）南段村的一个中医世家，在父母的熏陶下，他从小便有着浓浓的家国情怀。1938年，刘旭东加入中国共产党，成为东朱鹿党支部发展的第一批党员，从此走上了追求革命真理的道路。

在抗日战争中，刘旭东积极响应中共中央北方局"脱下长衫，到游击队去""有人出人，有钱出钱，有力出力，有枪出枪"的号召，成为自发的抗日宣传员。

为筹集党的活动经费、购置枪支弹药，刘旭东不惜卖掉自家药铺。同时，他积极建立农村基层组织——儿童团、妇救会、农民协会等；在本村抗日积极分子中发展党员，建立南段村第一个党支部，并担任南段村第一任党支部书记。

1938年，党组织调任刘旭东为中共益寿临广四边县七区区委书记。面对党组织的信任，刘旭东身先士卒、科学调度，组织指挥干部士兵日夜奔赴在抗战前线。在他的努力下，益北党组织发展很快，成为益北地区发展抗日武装的核心力量。

1941年，益北抗日根据地形势恶化到了"南北一炮打透，东西一枪打穿"的地步。一天，几百名日伪军分三路包围了东朱鹿村。面对恶劣的形势，刘旭东果断指挥县地方武装六大队的伤病员、县兵工厂的工人和群众迅速隐蔽，他和其他干部转移到地洞内与敌人周旋。农历腊月初八拂晓，由于叛徒出卖，刘旭东等同志藏身的地洞被敌人发现。

日伪军用柴火和辣椒点着火，架上风车往洞里灌烟，想把共产党的干部和群众呛死在地洞内。情急之下，为了转移敌人的搜索视线、掩护地洞内的其他同志和群众，刘旭东奋不顾身跳出洞外，不幸被日伪军抓捕。

敌人在东朱鹿村十字路口的大槐树下对刘旭东进行严刑逼供。汉奸徐振中原本是刘旭东的学生，想以升官发财为诱饵，引诱刘旭东交出共产党员的名单。刘旭东看到昔日学生沦为汉奸，痛骂他为"败类"；面对威胁，他高呼"共产党是杀不绝的"。汉奸徐振中恼羞成怒，用尖刀割下了刘旭东的舌头。被割舌的刘旭东义愤填膺，瞪大双眼怒视敌人。敌人见状，又命刽子手割下了刘旭东额头上的皮。敌人用双手将皮扒下，严严实实地遮住了刘旭东的双眼。

刘旭东宁死不屈，他将血淋淋的头用力一昂，将遮眼的额头皮甩上去，继续用喷火的双眼怒视着敌人。杀人成性的日军残忍地将英雄的双眼挑出！在场群众无不痛哭失声。

后人在悼念刘旭东时，这样赞道："威武不屈骨铮铮，民族气节贯长虹。烈火丹心标青史，顶天立地刘旭东。"

刘旭东牺牲后，受其影响，他的家族亲属们相继走上革命道路，投身于抗日救国的伟大洪流中，为赢得中华民族的独立和解放做出了突出贡献。除了刘旭东外，共有八人为国壮烈捐躯，他们分别是刘旭东的三弟刘观亭、四弟刘芝亭、儿子刘汉骦、儿媳王秀英、侄子刘汉玉、刘汉鼎、刘汉儒、侄女刘兰英。抗战胜利后，中共益寿县委（益寿县，旧县名,其辖区现分属寿光、青州）和县政府授予刘旭东家庭"一门九烈"的光荣称号。

拥军支前"四大娘"

蒙阴县垛庄镇垛庄村住着谢德甫、杨松贵、张新民、吴金凤四位大娘，因为当地都习惯跟随她们丈夫的姓氏称呼，所以谢德甫被称为韩大娘、杨松贵被称为彭大娘、张新民被称为段大娘、吴金凤被称为李大娘。抗日战争时期，这四位大娘的拥军支前模范事迹在沂蒙山区广为流传，激励着广大人民群众积极抗战。

垛庄村地处通往沂蒙山区的咽喉要道。驻在蒙阴、临沂的日军总是把垛庄作为反复进攻和"扫荡"的重要目标；驻在桃墟的汉奸为虎作伥，配合日军不时骚扰破坏。共产党则把垛庄作为开展抗日活动和建立根据地的一个中心。

"四大娘"虽然没有文化，但是在党的领导下，她们有胆识、有魄力、有顽强斗争的气概。她们不仅学会了发动和组织群众的方法，而且懂政策、会讲道理。她们首先将垛庄的妇女群众发动起来，成立了村妇救会，并以此为基础影响周围村庄，将妇女组织起来，动员她们参加夜校，进识字班。彭大娘的四个儿子、段大娘的三个儿子都先后参加革命。她们的模范带头，带动了80多位青年参加八路军，出现了爹娘送子妻送郎、兄弟争先上战场的动人景象。

1939年3月18日，山东抗日军政干部学校师生行军到垛庄。晚上举行隆重的军民联欢大会，妇救会代表韩大娘走上台大声地说："我们妇女也是国民的一分子，都应担当起救国的责任来，不要再和以前一样大门不出、二门不迈的，希望我们的姐妹们、大娘们，都要参加妇女救国会,帮助八路军把鬼子打出中国去,我们才不愧是中国妇女……"几千人的会场上掌声雷动。

1940年4月,韩大娘被选为县妇女联合会副主任、九区副区长,接着鲁南妇女联合会成立,她被选为鲁南妇女联合会常委、组织部副部长。彭大娘曾任村妇救会会长、副区长、县妇救会会长、沂南县和沂蒙专区参议员。这年,原垛庄乡划分为四个乡,段大娘任垛庄乡副乡长,李大娘任长明乡副乡长。

自从八路军到了垛庄,"四大娘"的家就成为抗日干部、战士的集结地、落脚点,她们供给大家吃住,胜过家人。有一次,八路军山东抗日游击第八支队的大批人马到了垛庄,当时老百姓都疏散隐蔽在山中,部队吃饭成了问题。"四大娘"立即四处奔波,经过几小时的紧张忙碌,她们把收集来的大批煎饼送到官兵手中,解决了部队的燃眉之急。有时部队人数多,给养需求量大,她们便组织各村将摊好的煎饼按数量、时间送到指定地点,不让八路军饿肚子。

"抓住妇女头,抓住老婆队……"1940年5月的一天夜里,伪顽偷袭垛庄,枪声、喊叫声响成一片。这时沂水县九区工作队妇女干部李慧正在韩大娘家开会,韩大娘火速将几位女同志卷进席里、藏在囤里,上面盖上柴草,她自己则拿了一把菜刀,藏在门后,随时准备与敌人拼命。一股敌人直奔程俊英的家,妇女干部李慧原来住在程俊英家,敌人在李慧原来的住房外面,从窗口往屋里、床上、床下打枪;另一股敌人直奔彭大娘家,翻墙冲进院内。两处扑空后,敌人又要到韩大娘家去搜。就在这千钧一发之际,突然响起密集的枪声,敌人仓皇而逃。原来是党支部书记贾子新得到情报后,迅速带领民兵赶来,韩大娘、彭大娘及李慧等人幸免于难。

做军鞋是妇救会的一项重要任务。为了让战士们穿上结实的鞋子,

"四大娘"总是要求妇女们做"铲鞋"。铲鞋是沂蒙山区特有的一种地方鞋,又叫"蹬倒山",它的鞋底又厚又长,从前脸往上卷,做一双铲鞋要比做一双普通布鞋多费两到三倍的工夫。"四大娘"身体力行,无论走到哪里,手中总是拿着鞋底、鞋帮,一有空就忙起来。天长日久,大娘们的手上都磨起了大茧子。

1940年秋,"四大娘"接到上级分派的赶做一批军鞋、军袜的任务。经过日夜奋战,她们刚把500双鞋做好,日军残酷的"扫荡"就开始了。为了把这批鞋袜保存好,"四大娘"顾不得收拾自己的东西,就忙着找掩藏地点。日军"扫荡"过后,她们几家值钱的东西被一扫而光,而500双鞋袜被完整无缺地交给了八路军部队。

1941年,八路军的青年营在芦山头胜利突破日军的包围后,地方党组织把八名伤员安置在横山后养伤。韩大娘和彭大娘主动担负起护理任务。从服药、换药到洗衣做饭,不分昼夜,有的重伤员不能自己吃饭,她们就一勺勺地喂。在她们的精心护理下,八名伤员很快康复归队。

"四大娘"积极抗日、拥军支前的行动,引起了敌人的仇恨。日伪军曾悬赏500元大洋捉拿彭大娘,也曾多次偷袭垛庄,但"四大娘"深受人民群众爱戴,大家千方百计地保护她们,敌人的企图均未得逞。

一心一意救伤员

这是发生在东平县接山镇山神庙村真实的故事。故事的主人公名叫徐凤英，她是土生土长的山神庙村村民，她勤劳勇敢、善良朴实，有着黝黑的脸庞和布满老茧的双手，她养育着两个虎头虎脑的儿子，兄弟两个都不满 10 岁，总是喜欢缠在她身边，"娘，娘"地叫着。她跟天下所有母亲一样，喜爱自己的两个儿子，每次徐凤英看到儿子们明亮的眼眸，听着两个儿子叫她，她就会感到无比幸福。

1939 年 5 月 10 日，陆房战斗爆发，轰隆的炮声从凤凰山一直响到岈山，徐凤英只能蜷缩着身子将孩子们护住，宁愿让子弹打穿自己的身体也要保证孩子们活着。

炮声停了，她战战兢兢地把孩子藏好。她看见外面几十个担架上全是伤员，鲜血已经浸透战士们的衣服，洒在满目疮痍的大地上。战士们痛苦的哀嚎响彻山神庙村，也撕裂了徐凤英的心，因为她明白战士们的鲜血为谁而流，她擦干眼泪，快速加入救治伤员的队伍中。

晚上，村长召集大家商量安置伤员的问题，徐凤英没有丝毫犹豫，强烈要求将伤员安置在她家照顾，村长觉得她拉扯两个孩子已是不易，没有做声，继续和众人商量。徐凤英焦急地站起身来，带着哭声说道："您别看我拉扯着两个孩子，但我有的是力气，他们也是娘的孩子，我多拉扯一个又有什么难处呢？您就放心把伤员交给我吧！"

就这样，王德贤战士被安置到了徐凤英家。由于受伤严重，他被锯掉了半条腿，苍白的脸上不停地冒汗，说不出来一句话。徐凤英让两个儿子守着伤员，然后取出一直不舍得吃的米袋子，熬了米汤，一滴一滴地喂给王德贤，自己却只能吃野菜充饥。

陆房战斗结束了，但日军的"扫荡"还在继续，岈山上的日军、麻子峪的汉奸，迫使照顾伤员的难度成倍增加。为了安全起见，徐凤英决定将王德贤送入山洞，晚上再接回家里。于是白天她就推着独轮车，假装上山采摘花椒、打猪草，将饭菜送入山洞；晚上车子一侧是王德贤，另一侧坐着两个儿子作为掩护，将王德贤接回家里。每天这样颠簸，伤口极难愈合，可如果不接回来，晚上山上有狼，王德贤没有自理能力，他又该怎么办呢？这可愁怀了徐凤英。看着床前照顾伤员的两个儿子，徐凤英把他们叫到床前，问两个儿子去山洞里怕不怕，平常喜欢躲在她身后、拽着裤脚喊娘的两个儿子，竟然破天荒地懂事了，他们用稚嫩的声音说，保证把八路军战士照顾好。于是第二天，两个儿子便开始伴随王德贤战士在山洞过夜，他们一起度过了一百多个日日夜夜，直到王德贤伤好归队。临走时，王德贤泪流满面，一个劲地握着徐凤英的手，真的改口叫娘。

中华人民共和国成立后，两家一直保持书信联系，王德贤战士多次回来探望徐凤英。直到已经卧病在床的王德贤收到了老娘家弟弟的信，信中说老娘病危。王德贤号啕大哭，因为他已无法下地，更别提到老人家跟前送最后一程，只能以书信回复，信中写道："儿在危难之际深受老娘再造之恩，终生难忘；娘于病危之时儿却不能亲临送终，必将遗憾终生。"并寄回寿衣一套。此时的徐凤英老人已经几天没有进食，儿子将信读给她听后，她竟然呈现出回光返照的状态，气若游丝地说："快扶我起来，我要穿上儿子寄来的寿衣。"寿衣穿上后十分合体，老人高兴地说："儿啊，妈也想你啊！"没过一会儿，老人闭上了眼睛。

老人走得很安详，每每想起老人临终前眼角那滴滑落的泪，那段峥嵘岁月就变得格外清晰滚烫。

一件对襟褂子成为传家宝

东平县接山镇山神庙村自然环境优越，抗日战争时期，它成为八路军一一五师东进支队后方医院。

1939年5月，陆房战斗时，主力部队突围出去了，伤病员暂时留在山神庙村，他们被分散到群众家里，包护理、包抚养、包安全，伤病员被当地老百姓称为"伤号"。

徐兆英是村里的妇救会会长，山区的生活环境使她练就了一副好身板，干什么事都风风火火。伤病员进村后，徐兆英多次要求多给她家分配几个伤病员。伤病员是按家庭人口，并考虑居住情况分配的，当时人民群众生活普遍艰难，所以上级也充分考虑到这种现实情况，不想给老百姓增加过多的负担。因此，徐兆英的要求起初并没有被答应，但她缠住负责分配的人员，反复说明自己妇救会会长的身份，最后终于得到了养护四名伤病员的任务。

一天早晨，徐兆英正给伤病员晒被褥，一个领导领着一个小女孩进了院子。徐兆英赶紧把被褥搭到木头棍子上，迎了过去。

"大娘，我给你送来个小战士，你欢迎不？"那领导一进门，就说了来的原因。

"你看你说的，咱队伍上的人我都欢迎，我想请你们，你们还不一定来的。"徐兆英一边回着话，一边打量着跟着来的这个小女孩。小姑娘十几岁的样子，扎着两个短短的小羊角辫，一脸的稚气，穿着宽大的八路军军服，一点儿都不合身。经谈话得知，小姑娘名叫孟传秀，她一家人都早早地参加了革命，因为她年龄小，所以被分配到卫生队，做一些简单的护理工作。因徐兆英家里伤病员多，所以上级派孟传秀来协助徐兆英照顾他们。

在一起待的时间长了，徐兆英和孟传秀越来越像一家人了，她们一起磨面，一起洗伤病员的衣服，有时还一起下地干活，惹得别人都投来羡慕的目光。乡亲们都说徐兆英跟前又多了个闺女，每当徐兆英听到这样的话，总是笑盈盈的，充满着母亲才有的那种幸福感。

一一五师突出重围后，日军异常恼怒，疯狂地进行报复，仅在陆房村就屠杀了126人，烧毁房屋无数。除了恼羞成怒地发泄窝在心里的怒气，日军还对当地的抗日群众进行威吓，同时肥城、东平的日伪军联手对各村进行"拉网式搜查"，许多掩护八路军伤员的群众被枪杀。

虽然山神庙村村外山上的幽洞暗窟多，村内有寨墙围护，地窖、地道相连，但由于该村地处两县交界之处，所以肥城、东平的敌人都会进村搜查、"扫荡"。村民救护伤员，实际是一天到晚"心提到嗓子眼上，脑袋别在裤腰带上"，随时会有生命危险。每当遇到敌人搜查，徐兆英就谎称孟传秀是她的闺女，以蒙混敌人。为了装得像，徐兆英还把自己的亲戚关系、前邻后舍家的姓名告诉孟传秀，甚至一些人的乳名也让她全部熟记于心。

一次，一队伪军在几个汉奸的带领下，没有任何征兆地进了村，挨家挨户地搜查。徐兆英和孟传秀赶紧把伤员藏到院子中的地窖里，然后用玉米秸秆覆盖洞口。就在这时，五六个伪军在一个小头目的带领下，从院子外的村路往徐兆英的院子走来。再让孟传秀找地方躲藏已经来不及了。徐兆英疾步拉着孟传秀进了屋，迅速换下孟传秀穿的军服，找出一件平常舍不得穿的粗布对襟褂子让她换上。孟传秀刚刚系好扣子，那五六个伪军一前一后闯进了院子里。他们几个用枪杆子这里翻翻，那里瞧瞧，似乎找不着东西不罢休。但他们翻了个底朝天，也一无所获。

伪军小头目还不死心，走到徐兆英和孟传秀跟前，不怀好意地问："你俩是亲娘俩？"徐兆英用眼睛白了小头目一眼："咋啦？娘俩还有装的吗？"伪军小头目对她俩的年龄差起了怀疑，他掏出手枪来，用枪头指着徐兆英的脸，让她别说话，然后问了孟传秀姥娘家在哪里，姥爷叫什么名、住在哪里，舅舅的大名是什么、乳名是什么，孟传秀都回答得严丝合缝、不露破绽。小头目又把枪头划到孟传秀的脸上，让她别说话，问徐兆英今年多大了。徐兆英这时急了，对着小头目咋呼起来，众邻居们听到了喊声，都一个一个地围了上来，涌到院子里。众怒难犯，领头的一看情况不妙，收回了枪，插到枪兜里，喊上那几个伪军灰溜溜地走了。从此，孟传秀就白天穿对襟褂子，晚上穿护士护理服，躲过了日伪军的多次搜查与"扫荡"。

还有一次，孟传秀在协助转移伤员中疲劳过度，瘫倒在路边难以起身，李连俭发现后，将孟传秀扛在肩上快速送进山洞隐藏，使她躲过了一劫。

那时，山神庙村穷得很，老百姓大多穿着补丁摞补丁的破衣服，几年都做不了一件新衣服，徐兆英那件褂子实际是走亲戚、坐席的时候用来装门面的。孟传秀撤离时，徐兆英为了让她躲过沿途敌战区的盘查，顺利返回部队，毫不心疼地将褂子送给了她。

1962年，孟传秀专门从安徽赶来看望徐兆英。她对徐兆英说道："您老人家给我的褂子，我一辈子都忘不了，我已经把它当作传家宝留给儿孙……"又对李连俭说："三叔，没有您，就没有我的今天啊……"几个人回忆往事，无不泪流满面。此后，孟传秀和丈夫多次来山神庙村看望徐兆英和李连俭老人，几家人就像亲戚一样互有来往。

西墙峪抗战医院

1939 年下半年，日军对沂蒙山抗日根据地进行残酷的大"扫荡"，因沂水县西墙峪村处在深山老林之中，隐蔽性极强，所以八路军山东纵队的野战医院医疗所就转移到这里。

这个当年只有不到 50 户、仅有 200 多人的小山村，最多时曾住过八路军和八路军伤员 300 多人。没有病房，伤员们就被分散住到农户家里。张恒谦和张道增两家曾在一年内先后掩护、护理了三四十个伤员。

为了躲避敌人的"扫荡"，全村男女老幼都在山梁或地堰上挖山洞，山洞挖在拆开的地堰里，挖好后再用石头原样封好，照常种地。乡亲们白天把伤病员藏进山洞，晚上再接出来让他们住在家里。平时在敌人"扫荡"间隙，乡亲们就直接把伤病员们接回家里护理，陪他们晒太阳、聊天，做好心理调节。一旦遇到敌人侵扰，乡亲们就迅速把伤员送到山洞隐蔽，为他们送饭送水，端屎端尿。

因为医务人员也分散隐蔽在山村各处，有时医务人员来得不及时，乡亲们还要为官兵医护疗伤。有一位伤员，子弹从他的腰部进去，从肚子上穿出来，已经奄奄一息。村游击小组把他藏到山洞后，由张恒谦的母亲为这位战士治伤。她颠着小脚漫山遍野寻找草药，采来了败毒草、艾蒿等草药，给他洗伤口，精心护理了半个多月，终于把这名伤员从死神手里夺了回来。

一天，有一位叫滕兆龙的八路军干部，两腮被敌人的子弹打穿，流了很多血，掉了好几颗牙，被送到党员张文桥家。当时，由于战斗激烈，

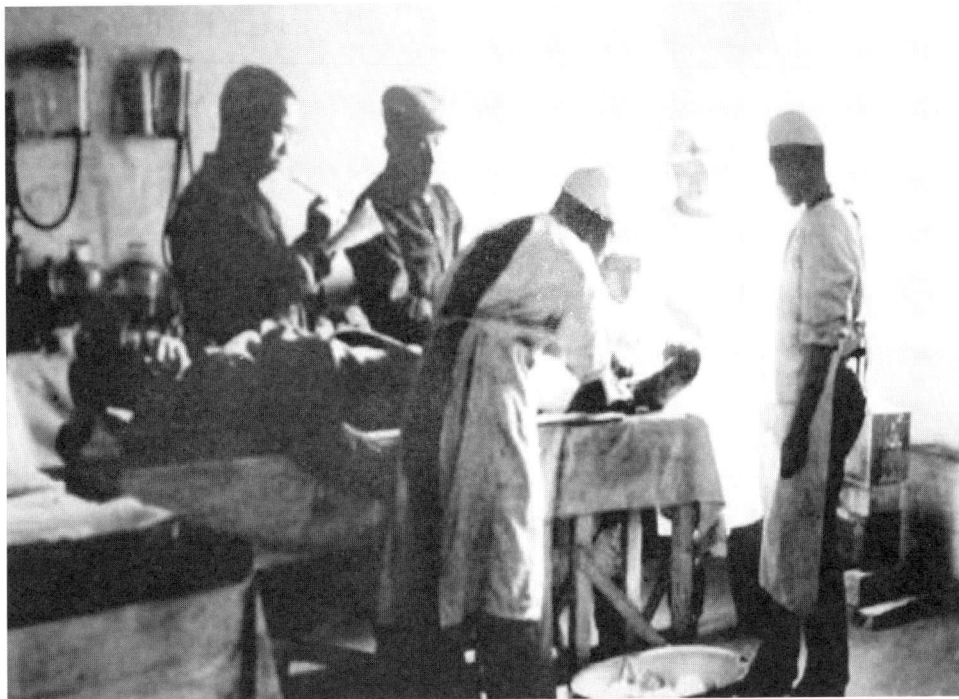

西墙峪抗战医院医护人员为战士疗伤

医生不能及时赶来。为了减少伤员的痛苦，张文桥的母亲抠出他嘴里的碎牙、血污，用土法为他疗伤。她一盅一盅地给他喂盐水，并用小米面做成糊糊一匙一匙地喂他，为抢救伤员的生命争取了宝贵时间。像这样的伤员，张文桥家先后住过七人。

为了给伤员们增加营养，医院养了几头奶牛，乡亲们对这些奶牛采取了非常的保护措施。日军来"扫荡"，乡亲们就及时把奶牛牵进深山老林里藏起来。几次"扫荡"后，村里所有耕牛、毛驴都被敌人抢去了，唯独为部队饲养的奶牛在乡亲们的重点保护下一头也没少。

抗战时期，生病或临产的部队首长家属、婴幼儿，常被托付给西墙峪村善良的乡亲们。山东军区副司令员王建安的妻子牛玉清、鲁中第二军分区司令员胡奇才的妻子王志远、山东纵队参谋长罗舜初的妻子胡静都是在西墙峪村人的掩护和照料下分娩的。王志远生下孩子三天后，因没有奶水，党员张洪奎的妻子就把孩子接过来给喂着。一次日军来"扫荡"，王志远母子与张道增等三户人家藏在一个山洞里，就在敌人将要搜到这里时，张道增幼小的儿子突然哭了起来。为了不暴露目标，张道增用手巾硬是捂住了孩子的嘴，待敌人走后才发现孩子已经窒息，好在抢救及时，孩子又活了过来。

1941年秋，日军偷袭西墙峪村，敌人离村二三里路时，人们才发现敌情。张效智家正有五位伤员在晒太阳，张效智夫妇看敌情紧急，便背起重伤员，扶着轻伤员，及时走进地洞。等张效智再回来背有病的父亲时，正遇到医疗所的护士田桂兰在日军的追击下跑到了他家。张效智拉起田桂兰冲出家门，送她隐蔽到树林里。等他想再回来背父亲时，日军已经进了张效智的家，逼他父亲说出八路军的去向。老人一口咬定说："没有八路！"凶残的敌人见问不出任何信息，就用棍子将老人活活打死。

还是这年秋天，鲁中第二专署副参议长邵德孚把一批文件、军装和马匹交给村民代文周掩藏。代文周和儿子、三弟当晚就把这些东西藏到小龙岗，回村时遇到进山的日军。日军逼问他们是不是给八路军藏东西去了，三人都说不是，是去山上干活的。日军问不出来，不容分说便用刺刀把代文周父子当场刺死。三弟代文明趁日军不防撒腿就跑，日军开枪射击，代文明腿上和脚上各中一枪倒下，日军追上又补了一刀。日军用皮靴踢他时，他装死才幸免于难。

这就是英雄的西墙峪人民，他们把子弟兵的安危，把八路军的文件、物资，看得比自己的生命还重要。1939年至1942年，乡亲们用鲜血和生命掩护救助的八路军伤病员达320名之多。1940年，全村为部队掩藏粮食三万多斤、长短枪和大宗物资两箱，在乡亲们饿着肚子吃野菜的年代，粮食一粒都没丢。

"沂蒙母亲"王换于

王换于，1888 年出生在沂南县岸堤镇圈里村一个贫苦的王姓家庭，19 岁时嫁到马牧池乡东辛庄于家。王换于入党时连个名字也没有，一名干部说："你是用两斗米被换到于家的，干脆就叫王换于吧！"于是，王换于第一次有了自己的名字。入党后的王换于更加积极，不久被选为村妇救会会长和艾山乡副乡长，负责 13 个村的抗日宣传和发展党员工作。在她的影响下，儿子儿媳也先后入了党。

王换于

1939 年 6 月 29 日，中共山东分局和八路军第一纵队司令员徐向前、政委朱瑞等率领机关人员，转战来到沂南县马牧池乡东辛庄，住在了王换于家。

东辛庄"三面环水水连山"，日军三番五次经过这里，却都不敢在村子里驻扎。徐向前说："我们共产党人只要依靠群众，绝处也能求生。"

随同部队来的还有一群干部的孩子，这些孩子长期跟随部队转战奔波，吃了不少苦，许多孩子的体质很差，个个黑瘦黑瘦的。看到他们，王换于心里酸酸的。她向徐向前建议："这样下去不行，得给孩子找

王换于抚养的罗荣桓、陈沂、艾楚南、江华等人的子女

奶娘，这样既能很好地照料孩子，打起仗来也好掩护。"

徐向前说："来这里已经够拖累你们的了，不能再给你们添麻烦了。"但在王换于的坚持下，徐向前接受了这个建议，并安排她创办战时托儿所。

1939年10月，东辛庄抗日战时托儿所正式成立。第一批转来了27个孩子，最大的七八岁，最小的才出生三天。其中有罗荣桓的儿子罗东进，徐向前的女儿小何（乳名），胡奇才的儿子胡鲁克，陈沂、马楠夫妇的女儿陈小聪，赵志刚的儿子赵国桥，艾楚南的女儿艾鲁琳，白备武的女儿白效曼等。

那时，山村里穷，王换于就想办法四处弄些好吃的，大的孩子吃米粥、面饼，小的孩子只能靠奶水。为了安排好这些孩子，王换于挨村挨户打听，谁家刚生了孩子，就动员人家帮着喂养部队的孩子；谁家的孩子夭折了，就动员做母亲的不要把奶水退回去，把需要哺乳的孩子给她抚养；稍大一点的孩子则被送到可靠的人家照料。她还安排长媳张淑贞和次媳陈洪良承担抚养罗荣桓的女儿罗琳，徐向前的女儿小何，胡奇才的儿子胡鲁克、胡鲁生，陈沂、马楠夫妇的女儿陈小聪等七个孩子。就这样，五天不到，机关27个孩子就全被她安排好了。看到孩子们都有了着落，王换于终于舒了一口气。

然而，随着日军"扫荡"，王换于又担心起孩子们的安全。为此，王换于一家出生入死，帮助孩子们度过了一个个"鬼门关"。

一次，日军"扫荡"大梨峪，那里有个战时托儿所寄养的孩子。王换于闻讯非常着急，她顾不上多想，立即抄近路跑到大梨峪，让孩子的奶娘带着孩子迅速转移。奶娘和孩子刚走，敌人就来了，经过巧妙周旋，王换于终于摆脱了险境。

敌人常来"扫荡"，王换于和儿子在南山和北岭挖了两个较大的秘密山洞，遇到敌人来时，就将孩子藏在里面。每次，王换于在外面站岗，儿媳张淑贞和陈洪良在里面哄孩子，丈夫于学翠利用夜间出去找粮食，最长的一次他们在洞里住了两个多月。

1942年的一个夏夜，大雨倾盆，有两个孩子发高烧。王换于让丈夫冒雨去请医生。于学翠冒险游过发着洪水的汶河，经过一番波折，终于请来了医生。孩子的病治好了，于学翠却大病一场。

一次，王换于去西辛庄看望一个寄养在那里的半岁婴儿，发现孩子瘦得不像样，她非常心疼，就将孩子抱回了家。当时，王换于的二儿媳陈洪良正值哺乳期，因当时生活条件差，奶水哺育一个孩子还不够。王换于对陈洪良说："这个孩子是烈士的后代，让咱的孩子在家吃粗的，把奶水给这个孩子喝吧！咱的孩子没了，还可以再生，咱可不能让烈士断了根呀！"于是，陈洪良接过了这个孩子。

就这样，王换于的两个儿媳尽心尽力地呵护着这些革命后代。由于舍不得用奶水喂自己的孩子，再加上长期疏于照顾，王换于的两个孙子、两个孙女先后夭折。

王换于用自家巨大的牺牲，换来了革命后代的安然无恙。在 1939 年秋到 1942 年底的三年多时间里，战时托儿所的 41 名孩子均健康成长，并陆续被父母和组织领走。1943 年后，又陆续有革命将士的 45 名孩子由王换于抚养长大，最晚的到 1948 年才离开。抗战胜利后，山东保育小学 600 多名学生被安置在东辛庄，王换于全家受组织委托，竭尽全力为保育小学服务。

1947 年，中国妇女运动的先驱者蔡畅在第一次世界妇女代表大会上，代表中国妇女作了王换于事迹专题报告。王换于被誉为"沂蒙母亲"，从此名扬中外。

拥军模范傅大娘

傅大娘本名袁明，1891年生于郯城县庙山镇立朝村，六岁时父亲去世，随母亲逃荒要饭来到苍山县（旧县名，今临沂市兰陵县），在涌泉村一户地主家做丫鬟，经常挨打受骂。后她长大成人出嫁，因丈夫姓傅，人们称她傅大娘。

抗日战争爆发后，涌泉村的一些爱国青年挺身而出成立抗日救亡组织，富有正义感的傅大娘也积极参加了这一组

滨海军区鞋厂战时托儿所

织。不久，她就担起了涌泉村妇救会会长的重任。中共山东省委派遣工作人员来到临郯发动群众，傅大娘的家就是秘密联络点，她将平常舍不得吃的鸡蛋、蔬菜、细粮保存好，专门招待来往的工作人员。由苏北到山东参加抗战的十几个学生路过涌泉村，没有地方住，傅大娘便把自己家的房子腾出来，给抗日学生住，并把仅有的一点小麦磨成面招待他们。

1938年9月，傅大娘光荣地加入了中国共产党。1940年7月，她作为鲁南妇女代表，参加了在青驼寺召开的山东各界联合大会。同年12月，她又担任了临郯县妇救会会长。她带领群众积极抗日，起早贪黑地发动妇女缝军衣、做军鞋，募集拥军物品。

"猪呀，鸡呀，送到哪里去？送给咱亲人八路军。"这句话是对

傅大娘真情拥军的真实写照。八路军沂河支队二大队打垮了国民党顽固派张里元后，傅大娘把自己喂的一头大肥猪送去慰劳部队；鲁南军区副司令员钱钧积劳成疾病倒了，傅大娘多次去探望，每次都不忘煮上一只老母鸡，好让亲人早日康复上战场。

1942年，日军对临郯根据地进行频繁"扫荡"，临、郯、邳大部分地区伪化。为了保存实力，地委机关、部队奉命转移到滨海地区。党组织派傅大娘到敌占区担任地下交通总联络员。傅大娘经常装扮成要饭的活动在小田子、大含山、虎山一带，了解敌情，传送情报，组织当地群众开展武装斗争。傅大娘被调到县委工作后，负责隐藏伤病员和部队、机关人员的给养。她以村长身份作为掩护，带领群众开展生产自救，养猪养鸡保障部队供应。在敌人的一次"扫荡"中，她冒着枪林弹雨救出了三名抗日干部。

1947年6月8日，解放军的一支部队突破国民党军的包围，到达涌泉村附近。这时，天气突变，狂风暴雨夹杂着冰雹倾泻而下，寒冷、饥饿、劳累同时向正在奔跑的战士袭来。有的战士走着走着就一下子栽倒在地，再也爬不起来。傅大娘了解情况后，紧急组织涌泉村的群众救护伤病员。大部队过沂河后，傅大娘发现了一位躺在沟里的伤员，眼角有蝇蛆，她用手一试，伤员还有气息，便用尽力气把伤员背回家，请医生救治。这位伤员是临沂县武装部部长曹文华，他醒过来后，眼含热泪对傅大娘叫了声"亲娘"。

为了抚养好托付给群众的革命后代，傅大娘走东家、串西家，指导大家如何和敌人周旋，保证收养的孩子的安全，并在鲁南办起了托儿所、幼儿园。

傅大娘的革命行动获得了军地干部群众的称赞。鲁南军区司令员张光中、副司令员钱钧都对她给予高度评价，称她是鲁南妇女的代表、拥军优属的模范。

鲜血浸透的密信

1940 年 10 月，山东分局和八路军一一五师做出重要指示：开辟鲁北东部，打通与清河区的联系，使两个根据地连成一片。

面对复杂困难的局面，冀鲁边区党委和八路军三四三旅党委研究决定：集中兵力，从正面向惠民、滨县（旧县名，现滨州市滨城区）、阳信一带挺进，开辟抗日游击根据地，控制黄河沿岸地区；同时决定，出兵之前给清河区送封信，以取得他们的配合。送信的任务落到了秘密交通员王壮基的身上。

王壮基是商河县人，他机智勇敢，对当地敌社情熟悉，曾多次完成紧急送秘信的任务，是党组织久经考验的秘密交通员。由于这次任务重大，临行前，王壮基做了精心的准备。他打扮成商人模样，把密信藏在夹袄的棉絮里，巧妙地闯过了日伪军的一道道关卡，把信顺利地送到了清河区驻地军区司令员杨国夫手中。十多天后，杨国夫司令员派一小支部队护送王壮基过了小清河，并带回了清河区的复信。旅党委研究了复信，决定派王壮基再渡黄河，把电报密码送到清河区，以便通信联络。

这天，王壮基安全地将密码送到了清河区，空中联络终于打通。王壮基告别了杨国夫司令员，又带着复信离开了清河区，来到黄河大堤前。

"干什么的？从什么地方来？"一个伪军把大枪背在肩上，动手搜查。

"去清河要账了，这两年生意不好做，也没要着钱。"王壮基神色镇静地回答。

敌人的魔爪摸到了王壮基棉袍的衣襟，他的心跳到了嗓子眼。"棉花里藏了什么，拿出来看看。"

"是要账的账单。"王壮基见事已至此，只好先下手为强。他边与伪军周旋，边趁伪军注意力不集中，迅即对准伪军的鼻梁猛击一拳，伪军踉踉跄跄地后退了几步，一屁股坐在地上。还没等伪军反应过来，王壮基又飞起一脚，踢倒了搜查的另一个伪军。王壮基趁机顺着大堤，朝东北方向猛跑。

伪军回过神来，边喊边开枪，枪声惊动了黄河大堤上岗楼里的日伪军，岗楼里的机枪朝着王壮基疯狂扫射。

正在奔跑的王壮基大腿上被机枪打穿了两个洞，鲜血顺着裤管泪泪地往外流，染红了一大片雪地。

"把信毁掉！"王壮基迅速从棉袍衣襟里抽出信纸撕碎，塞进嘴里，由于口干舌燥，粗糙的信纸怎么也咽不下去。怎么办呢？他用手使劲在地上刨了几下，但黄土冻得硬邦邦的，也刨不出个坑来。

危急中，王壮基突然看到信纸上殷红的血迹，顿时眼睛一亮：腿上有两个枪眼，子弹穿过去时炸开的那个枪眼，足有鸡蛋般大，可以藏密信。

他背对着只距离十几步远的敌人，屈起右腿，将纸团狠命地朝伤口里塞。纸团深深地藏进了大腿，王壮基也痛得昏迷过去……

等到王壮基苏醒，他已经被敌人关了起来。

王壮基连续遭受了两天两夜的严刑审讯，四肢全被打断，但他仍然守口如瓶。敌人无计可施，最后对他下了毒手。临刑前，王壮基将自己的被捕经过告诉了同狱的一位战友，要他设法将自己的情况转告给党组织。

后来这位战友逃脱魔爪，在黄河岸边找到了王壮基烈士的遗体，密信仍旧深深地藏在烈士的大腿里，字迹已被鲜血浸透。

卖女儿换军粮

　　1940 年，抗日战争进入最困难的时期。沂蒙山区连遭灾荒，日军、汉奸、国民党顽固派烧杀抢掠，天灾人祸交加，老百姓的生活苦不堪言。山上能吃的野菜和树叶都被老百姓挖净摘光，偏僻贫瘠的鲁南山村难觅炊烟。

　　费县东盘石沟村的方兰亭家里住着八路军一一五师一个班的战士。当时，战斗频繁，方兰亭主动要求给八路军战士做饭。方兰亭的丈夫周振苍是中共地下交通员，她的家是共产党的地下交通站。1939 年秋，周振苍将一个重要情报送给八路军一一五师政委罗荣桓后，刚回到家就被日军抓走。日军逼他供出情报内容，周振苍虽受尽酷刑，但始终没有泄露党的秘密。丧心病狂的日军便割下了周振苍的头颅，将其挂在村东头的炮楼上"枭首示众"。方兰亭痛心疾首，悲愤交加。她把泪水咽进肚子里，把仇恨记在心中。掩埋好丈夫的遗体后，她带着三个幼小的女儿，接替了丈夫未竟的事业。她常把情报藏于发髻、鞋底等地方，一次次机智灵活地躲过了敌人的搜查，圆满地完成了传递情报的任务。

　　这次八路军一个班的战士因战事吃紧住在自己家里，方兰亭总是想方设法调剂伙食，让战士们吃饱饭打敌人。可是巧妇难为无米之炊，费县遭受灾荒，吃饭成了问题。她把家里粮缸中的粮食全部舀出来，扫了又扫，把粮袋子在锅台上抖了又抖，看着锅里刚刚变混的水煮糠菜，想着战士们在战斗中流血流汗，回来只能用这些东西充饥，身为妇救会会长、民运科科长的她心如刀绞。为了让战士们尽量吃得可口一点，方兰亭带着三个女儿四处挖野菜。五岁的小女儿小兰常常仰头望着她说："娘，我饿了！"方兰亭愧疚地望着女儿说："好闺女，只有把日本鬼子赶走，咱老百姓才能过上好日子，才能吃饱饭，咱挖野菜给八路军叔叔吃，就是让八路军有力气打鬼子。"

方兰亭看到日渐消瘦的战士们天天这样吃糠咽菜，实在心疼，但又想不出让战士们吃好的办法。晚上，屋里再也找不到能解决战士们吃饭的东西，一个念头在她的心中浮起，她的眼光落到了身边酣睡的三个孩子的身上。方兰亭看着女儿们面黄肌瘦的样子，心中想道："自从她们的父亲牺牲后，孩子跟着自己忍饥受冻，没有过上一天好日子，不如把孩子送给大户人家，换些粮食给战士们充饥，孩子也能吃顿饱饭。"可她转念又想，这样可对不起为革命牺牲的丈夫啊！方兰亭进行了一晚上的思想斗争。

为了不让八路军战士饿着肚子去打敌人，方兰亭最终还是咬了咬牙，偷偷把小兰卖给了一个大户人家，换回了 20 斤玉米。方兰亭家的烟囱里又冒出炊烟。为了让这 20 斤玉米发挥最大效用，方兰亭将玉米磨成面，烙成耐储存的煎饼。滚烫的鏊子前，她一边往鏊子底下续柴草，一边流下惦记小兰的热泪。两个女儿在一边看着母亲烙煎饼，肚子里早就饿得咕咕叫了。大女儿伸手想撕一块煎饼，却被方兰亭劝了回去："好闺女，你们先玩去，等八路军叔叔回来咱们再吃饭。"

战士们吃上了香喷喷的玉米煎饼，却怎么也见不到小兰了。一天不见，两天不见……战士们感觉不大对劲，再三追问方兰亭，她总是回答："小兰去了月庄村她姥姥家。"没有不透风的墙，后来，左邻右舍从小兰所在的大户人家那里得知了实情，才真相大白。战士们泪如雨下，抱头大哭，他们跪在方兰亭面前，齐声大喊"娘"。随后，战士们凑钱把小兰赎了回来。

沂蒙红嫂苏成兰

苏成兰是沂南县双堠镇北石门村人。她四岁时随父母乞讨到东北，六年后又一路乞讨回到家乡。

1940年秋，八路军山东纵队官兵驻在石门一带，苏成兰开始接受先进思想。不久，村里办"识字班"，她第一个报名参加。她不仅动员妇女加入"识字班"学文化，而且组织成立"女民兵自卫队"，像男青年一样，站岗、放哨、查路条；还组织全村妇女碾米、磨面、烙煎饼、做军鞋。1943年春，苏成兰加入中国共产党。不久，担任村妇救会会长。

1943年秋，八路军干部吕清华因身体不好，被组织安排在北石门村，名义上是教学，实际上是开展党的工作。上级安排苏成兰负责照顾吕清华的生活和安全工作。为了让吕清华住得好一些，利于他调养身体，苏成兰和丈夫商量，把自家住的朝阳屋和睡的床让给了吕清华，而她一家人则在偏房睡地铺。有时，上级或外村来人和吕清华召开秘密会议，苏成兰就为他们放哨。

一天晚上，反动地主"四王爷"来苏成兰家打探消息，正在翻墙时被苏成兰发现，她大喊"抓贼"，才把"四王爷"吓走。为了安全，她和丈夫把吕清华的住处转移到后屋地洞里。过了几天，"四王爷"带领十几个汉奸包围了她家，让她交出吕清华。她神情自若，一口否认。"四王爷"恼羞成怒，趁苏成兰不备，把毒药下到她家的水缸中。所幸，细心的苏成兰发现了，一家人才免遭毒害。

北石门村不能再住了，上级决定让吕清华转移，以免遭敌毒手。转移时，吕清华将不满两岁的儿子旭贵托付给苏成兰抚养。

一次日军进村"扫荡"，苏成兰背起旭贵就往山上跑。敌人在后面追击，子弹嗖嗖地从她身边穿过，把她的裤子打了两个洞。幸亏苏成兰熟悉地形，最终摆脱了敌人，直到天黑她才背着旭贵回家。

苏成兰进家一看，大吃一惊，家中遭遇了一场浩劫。她的母亲被敌人打得血流满面，孩子哭得死去活来，家里凡是值点钱的东西全被砸碎。孩子经过这次惊吓，一病不起，加之断奶过早，营养跟不上，不久就夭折了。

孩子的夭折对苏成兰的打击很大。她把悲伤深藏心底，竭力抚养旭贵，旭贵长得既聪明又强壮。两年后，吕清华夫妻来接孩子，得知苏成兰为了抚养他们的孩子而失去了亲骨肉，夫妻俩感动得泪流满面。

1944年夏，在八路军攻打侍郎宅的战斗中，苏成兰带领全村100多名妇女昼夜碾米磨面，赶做军鞋、军服，挑着山果、熟饭、衣服、鞋袜，到梭庄山下慰问作战将士。她和另外三名妇女留在梭庄七天，帮助八路军打扫战场，收敛、掩埋牺牲的烈士。

1945年1月，苏成兰带领村里几名女自卫队队员检查过往行人时，机智地抓住了庄武江汉奸队的一个特务头子，得到上级的通报表扬。

1946年，动员群众参军参战成为苏成兰的重要任务。她不分昼夜，耐心做工作，动员村里18名青年参军。其中有一个叫王立斗的青年，1950年在抗美援朝战场上牺牲，他的妻子改嫁，留下一个孤苦伶仃的女儿小兰，被苏成兰收养，她一直供养小兰考上大学。

沂蒙山区的 "阿庆嫂"

盛桂兰是莒县刘官庄镇五花营村人，1940 年春加入中国共产党，任村妇救会会长。抗日战争时期，她带领妇女为八路军战士缝补军衣、做军鞋，碾米、磨面、烙煎饼，日夜操劳。在敌人的枪口下、刺刀前，她临危不惧、机智勇敢，一次次掩护八路军和革命干部，被称为沂蒙革命老区的 "阿庆嫂"。

1940 年冬，日军在莒县埝头村附近修建飞机场，为了阻止日军施工，八路军和抗日武装不断前去袭扰。一个夜晚，睡梦中的盛桂兰被枪声惊醒，她一骨碌爬起来，跑到大门口，听到一阵急促的脚步声由远及近，远处还夹杂着喊骂声。

"大嫂，我在你家住过，我是县独立营二连的通信员小薛，我受伤了……" 一个黑影向盛桂兰家奔过来，他轻叩门板，并低声说。盛桂兰一听是八路军小薛的声音，急忙打开门。她把小薛从夹道引到多年不用的南屋里，赶紧关上门，回到前院。

"咚咚咚……" 这时，埝头飞机场日军据点的伪军中队长刘立堂带着一伙人紧追而来，敲开了盛桂兰家的门。"一个八路军向你家跑来了，你把他藏到哪里了？抓紧交出来，如果搜出来，你就会掉脑袋的！" 刘立堂的眼睛紧盯着盛桂兰，大声说道。

"什么八路军、九路军，我们是老百姓，不关心这个。" 盛桂兰机智地应对道，"大半夜的，我们一家都睡了，不便请刘队长进屋坐了。" 说完，盛桂兰打了个呵欠。刘立堂见盛桂兰一脸睡意，不像撒谎的样子，就让手下象征性地搜了搜，一无所获地离开了。小薛算是有惊无险。经过盛桂兰的精心护理，小薛的伤势大有好转。几天后，熟悉地形的盛桂兰把小薛送过封锁沟，看着他渡过沭河归队，她才放心地回家。

1942年初夏的一天深夜，莒县妇救会会长林均怀抱一个出生仅三天的孩子，到盛桂兰家寻求帮助。盛桂兰二话不说，便收拾出一间屋子让她娘俩住下，并筹米筹面，亲自伺候月子。在孩子即将满月的一天，县委紧急通知林均回县里一趟，林均便把孩子托付给盛桂兰。第二天，一队汉奸闯入盛桂兰家，让她交出八路军的孩子。她再三掩饰，坚决说孩子是自己的。经过她多次的机智周旋，汉奸们相信了，带着盛桂兰家的几只鸡离开了。

1942年9月，为了粉碎日军的"扫荡"，山东省战工会副参议长马保三、刘民生和委员张伯秋由党组织介绍来到五花营村。正在村党支部研究如何保证领导们的安全与正常生活时，盛桂兰主动请缨，把他们安排在以前通信员小薛躲避的三间南屋里。

一天，马保三正在盛桂兰家的堂屋里喝水，令旗墩的伪军来村催粮逼款，突然闯入盛桂兰家。马保三躲闪不及，与汉奸撞了个正着，忽地站了起来。

"三舅不用客气，张队长的人常来俺庄催粮，都是熟人。"情急之下，盛桂兰拉住马保三的手，边说边按他坐下。

"你是哪里来的？"因马保三口音不似本地，为首的伪军小头目用狐疑的眼光盯着马保三，盘问起来。

"俺舅闯关东30多年，刚回来，口音能不变吗？"接下来，马保三和盛桂兰演了一出"智斗"戏，终于使汉奸头子化怀疑为信任，离开了盛桂兰家。在盛桂兰的细心照顾下，马保三、刘民生和张伯秋三人在盛桂兰家安全地住了37天，直到形势好转才离开。

变卖嫁妆养伤员

忆当年，梁红玉战舰擂鼓，大败金兵，威震长江上下；

看今朝，丁润生疆场怒吼，重创日寇，驰名黄河南北。

这是 1976 年广饶县辛集村抗日巾帼英雄张大娘逝世后，当地政府及广大群众悼念她的挽联。

张大娘原名丁润生，1900 年出生在临沂，十多岁时被人贩子倒卖，最后流落到广饶县辛集村，与贫苦农民张建德结婚，所以人们都习惯称她为"张大娘"。

1941 年，中共广饶县委在广北建立抗日根据地，丁润生在党的教育培养下，思想觉悟不断提高。她为党传送情报，掩护党的地下工作者，组织妇女给八路军织裹腿、做军鞋，成为拥军模范。1943 年 2 月，丁润生光荣地加入中国共产党，挑起村妇救会会长的重担。

丁润生

1943 年的一天，八路军来到辛集村，丁润生联络村里的妇女们烧汤做饭，安排战士住宿，热情接待。先后在她家养伤的人员不下 40 余人，有的一住就是三四个月。

看着这么多伤员身体虚弱，急需补充营养、恢复健康，丁润生急得整夜睡不着觉，嘴上都起了泡。有一天，她突然眼前一亮，把目光

大参军热潮中，广北县委干部带头报名参军

锁定在自己结婚时做的几件家具上，想到橱子里还有几件平时不舍得穿的新衣服。

丁润生取出新衣服，来到集市上换了一些小米、白面、鱼肉等，回到家后，她亲自给战士们做出可口的饭菜。新衣服换完了，她又偷偷地把家具一件件卖掉。看着战士们的饭量一天天地大了起来，身体一天天地好了起来，丁润生的心里像吃了蜜一样的甜。

有一名细心的伤员发现，每次做出饭菜时，丁润生都是看着战士们吃，她自己从来不吃。战士们请她一起吃，她都说自己早就在厨房吃饱了。这名身体已经康复得差不多的伤员在饭后悄悄来到丁润生的住处，发现丁润生正在就着野菜汤，吃难以下咽的糠饼子，隆冬季节还睡在凉席上，这名伤员再也控制不住自己的情绪，哇的一声哭了出来。

听到哭声，丁润生知道瞒不住这名战士了，就安慰他说："我已经习惯了这种生活，你们吃好穿暖，是为了尽快恢复健康，上战场打鬼子的！"后来，战士们都知道了丁润生变卖衣物等家当为伤员改善伙食。临别时，他们都拉着丁润生的手向她保证：多杀敌人，把立功的喜报早日传给大姐。

1944 年 11 月 16 日，500 多名日伪军从利津一带出发，到广北"扫荡"。上午，八路军渤海军区骑兵连的一个排在辛集村西北与敌人相遇。战斗异常激烈，但敌众我寡，阵地岌岌可危。这时，丁润生冒着枪林弹雨来到阵地送情报，大声呼喊："同志们顶住啊！咱们的大部队来啦！"

八路军顿时士气大振，子弹、手榴弹齐发，很快就把冲上来的敌人压了下去。不多时，军区直属团主力赶到，与敌人进行了激战。在战斗过程中，丁润生把留守在村里的群众组织起来支援战斗，安排青壮年抬担架、救伤员，并动员群众腾出房屋，安置伤员。接着，她组织老年妇女烧水做饭。战火纷飞中，她不顾个人安危，挑着汤饭送到阵地，八路军指战员深受鼓舞，越战越勇，一个反冲锋，敌人败退了。

战斗胜利后，在渤海军区召开的庆功大会上，司令员杨国夫亲自为丁润生披红戴花，称赞她是女中豪杰，为战斗胜利做出了积极贡献，并颁发给她"巾帼英雄"的奖状。

胶东乳娘

1937年卢沟桥事变后，日军入侵山东，不久山东全境被日军占领，胶东地区的八路军主力和党政军机关在突破日军的层层封锁中被迫频繁转移。时刻准备行军打仗，他们的孩子无法养在身边，有的只能将孩子送给老乡，有的忍痛直接把孩子放在路边，祈求孩子能被好心人收养……

为了保全革命后代，中共胶东区委（中共原胶东特委）指示胶东区妇女抗日救国会筹办一处战时育儿所。1941年11月，育儿所依托胶东医院在荣成县岳家村筹备成立。1942年，因形势所迫，育儿所必须找个更安全、更可靠的地方。

牟海县（今乳山市）位于牟平的南端、海阳的东端，三面环山、一面环海，地理位置偏僻，是抗日战争时期的敌后根据地。1942年4月，育儿所秘密迁移到牟海县内环境隐蔽、群众基础好的东凤凰崖村。同年9月，随着孩子逐渐增多，胶东育儿所又转移至交通相对便利的田家村。

当得知胶东育儿所要迁来时，田家村民兵自卫队指导员沙书尊把给兄弟刚刚盖好的两栋新房让出来给育儿所用；村民沙民主动让出有火炕的屋子，每天为孩子们烧火取暖。同时，为了确保育儿所的安全，田家村民兵自卫队每天安排民兵轮流在村头和路口站岗放哨，防止可疑人员入村。

育儿所有一项重要工作是在周围村庄寻找不脱产的乳娘。这是一

母亲、保育员和孩子们

项特殊的工作，带孩子不但要吃苦受累，而且要对外保密，承担很大风险。在较短的时间里，育儿所的工作人员选择了一批乳娘。

随着抗日战争的胜利推进，日军开始最后的挣扎，对抗日根据地进行疯狂"扫荡"。为了保护八路军的孩子，每当敌人要"扫荡"时，育儿所的工作人员就分散到孩子的住区，同乳母一起带着孩子反"扫荡"。

1942年9月，东凤凰崖村姜明真给自己刚满八个月的孩子断了奶，从育儿所接来刚满月的婴儿福星。

一天，敌人来"扫荡"，乳母姜明真和婆婆抱着福星和她自己的孩子跑到山上，找了一个隐蔽的山洞把福星藏在里面。为了避免暴露目标，姜明真把自己的孩子送到另一个山洞。她刚返回婆婆和福星藏身的山洞，敌机就开始轰炸了。在轰炸间隙，她清楚地听到了自己孩子的哭声，婆婆忍不住要过去看看，姜明真忍痛对婆婆说："娘，千万别过去，要是被搜山的鬼子发现，福星的性命就难保了。"日军走后，她扒开自己孩子所在的洞口，发现孩子的手脚被磨得鲜血淋漓，小肚子哭得胀鼓鼓的，没多久就死了。

过了没几天，日军搜到他们藏身的山洞附近，姜明真的一个儿子突然哭起来。为了不被日军发现，她用力捂住儿子的嘴，因过度惊吓和窒息，这个孩子几天后也不幸夭折。接连失去孩子就像一次次割掉自己身上的肉，姜明真强忍丧子之痛，把全部的爱倾注到福星身上。福星一直被抚养到四岁，才被亲生父母领走。之后，姜明真又先后收养过三个八路军子女，没有一个伤亡；而她自己的六个孩子却因战乱、饥荒和疏于照顾，夭折了四个。

田家村乳娘矫月志抱养的八路军孩子小名叫生儿。生儿刚来时，面黄肌瘦，老爱哭闹，矫月志喂养了一段时间后，丝毫不见起色，她十分内疚："人家爹娘为咱打鬼子，咱连个孩子都看不好，这说不过去啊！"于是，矫月志抱着生儿找到医务组。经过诊断，生儿患有严

胶东育儿所全体留影

重贫血，急需输血。矫月志一听，心想：要血还不简单，咱有！她撸起衣袖把胳膊伸给大夫。第一天，输了 20 毫升血，生儿没有一点变化，半夜还是不停地哭闹。第二天，矫月志抱着生儿继续输血，还是没有效果。第三天、第四天……直到第五天，生儿的脸才开始泛红，矫月志为此又输了 10 天的血，生儿晚上才不再哭闹了。见妻子身体虚弱，矫月志的丈夫借了几个鸡蛋想给她补补，她却说："给生儿吧！他病了俺就没胃口。"

在反"扫荡"的艰苦岁月中，胶东育儿所的乳娘们立下"我在孩子在"的誓言，以自己的血肉之躯保护着孩子。1942 年 9 月，有敌机飞到育儿所上空，正在屋内给孩子们做衣服的王克兰等马上冲到院子里，像护崽的母鸡一样，张开双臂将孩子们护在身下。同年 11 月的一天，她们与 20 多个乳儿被"大扫荡"的日伪军赶进了马石山区大网。正当焦急之时，恰逢八路军战士开始掩护群众突围，乳娘们决定委托战士先将两个稍大点的孩子带出，她们自己则抱着孩子跟在后面突围。为了保证突围时乳儿不被子弹击中，大家发动身边群众将自己和孩子一层层地围在中间，然后弯着腰一起往外跑。最终大家逃出了包围圈，孩子们全部脱险，但保育员张敬芝不幸牺牲。

鉴于种种原因，这些在枪林弹雨中抱着乳儿突围的乳娘大都没有留下名字，但她们用生命呵护乳儿平安的情景给人们留下了难以磨灭的印象。育儿所对外接收的第一个乳儿"小八一"，四岁那年回到亲生父母身边，经常说要回家。父母问她："你的家在哪里？""小八一"总是不假思索地回答："我的家是胶东育儿所！"

乳名麦勤的毛学俭甘心留在乳娘身边当了一辈子农民。1955 年，毛学俭的亲生父母来接他，年幼的他抱着乳娘王聪润不撒手，坚决不走。为此，毛学俭的父亲说："大姐，你把孩子带得这么好，我一百个放心，还是把他留下吧！"王聪润抱着毛学俭潸然泪下，为了对得起这份情，王聪润一生没有再生养。

毛学俭长大成亲后，王聪润对他说："麦勤，到城里去找你的父母吧！我们也不能太自私，你得回去尽孝。"在王聪润的一再坚持下，毛学俭带着妻子回到安徽，找到了亲生父母。相比农村的简陋生活，城里的生活安逸舒适，但毛学俭心里却一刻都没有踏实过。养父母为了自己连孩子都不要，自己这一走，他们将来去世了连个烧纸的人都没有……想到这里，毛学俭带着妻子又返回乳山给养父母尽孝。就这样，几十年过去了，毛学俭怀着对养父母的感恩坚守到老，一辈子当普普通通的农民。

同样，乳儿王庆林的亲生父母为他在广州安排好了一切，他却一口回绝，选择留在乳山这片乡土，一生教书育人，回报乳娘的恩情和乡亲的关爱。王庆林退休后仍住在乳山崖子镇哨里村。

在战争年代，胶东育儿所300多名乳娘和保育员先后哺育革命后代1223名。在反"扫荡"和多次迁徙中，孩子们无一伤亡，在那个新生儿死亡率很高的年代，堪称奇迹。

全村舍命保护八路军伤员

1941 年冬，日军对沂蒙山根据地进行大规模"扫荡"。八路军一一五师教导一旅附属三分所负责人荣斌带领 73 名伤员来到费县北部的几个小山村隐藏。

其中，小布袋峪是这一带群众基础最好的村，村党支部书记名叫刘苦妮，40 岁出头，丈夫马大宝是这个村的村长。抬伤员的担架刚一落地，村中各家都争先恐后地认领伤员，抬的抬，背的背，一会儿伤员们就成了各家各户热炕头上的客人。刘苦妮一家住了四位八路军伤员。

从 11 月下旬开始，日军集中兵力，重点"合围"这一带。为了保证四位重伤员的安全，刘苦妮一家很早就把他们转移到了村西的地洞里，由她和张卫生员照看着。一天，小布袋峪驻上了 100 多个日伪军。谁都没有想到，敌人竟把帐篷扎在了刘苦妮家的梯田里，地洞就在梯田的一侧。这天，荣斌正好来洞里，也被圈在了里面。

地洞的顶部是块大石板，敌人来回走动的声音和夜晚发出的呼噜声都听得很清晰。更危险的是，敌人每天早上到沟里打水，来回正好经过洞口。荣斌很着急，他对刘苦妮说："鬼子要是再住下去，咱们就危险了，夜里我出去把他们引开。"刘苦妮摇头否定了他的这个冒险的想法。

"铁柱，咱们得把鬼子引开，再这样下去，鬼子会发现地洞的，再说吃的喝的也送不进去呀。"村长马大宝在洞外更着急，他把儿子马铁柱和几个民兵叫到一起商量对策。

"爹，你放心吧，俺明白了！"马铁柱知道，小布袋峪就七个民兵，只有自己有一杆步枪，其他人背的都是打猎的土枪，真打起来，那就是鸡蛋碰石头。

可他们一点儿都没犹豫，摸到敌人附近开了枪，当场就打死了两个敌人。敌人一边还击，一边包抄过来。马铁柱带领民兵边打边撤，顺着山谷向远处的山梁跑去。

马大宝还在附近，想随时应付突发情况，被日伪军抓住，押到了村口。一会儿的工夫，小布袋峪的村民也都被集中到这里。

日军小队长后岛对林翻译官说了几句，林翻译官就大声说："刚才打枪的八路跑到什么地方去了？小布袋峪有没有八路军伤员？只要你们交代了，会重重有赏！"

见村民没有说话的，林翻译官转过身，对马大宝吼道："你先说！"

马大宝笑笑回答："村里确实没有八路军，也没有伤员。"

后岛拔出长刀，一下子挑开了马大宝身上的羊皮袄扣子，一个伪军上来就把他的羊皮袄扒了下来，又把一桶汽油浇在了马大宝的身上。

"你们谁说？只要有人说了，就饶了这个老不死的一条命。"见马大宝还是不说，林翻译官转过头对村民吼道。

这时人群里有个中年汉子叫了一声"大哥"，马大宝狠狠地瞪了他一眼，大声说："别忘了咱们现今的光景是怎么来的！"

后岛大怒，"啪"的一声打开了火机，在马大宝的身上点着了，马大宝的胸前顿时跳起了一个火球。马大宝惨叫着扑倒在地上，来回滚动着。

枪声过了好一会儿，刘苦妮和荣斌爬出地洞。这时，刘苦妮的侄媳妇山花哭着跑了过来："婶子，婶子，不好了，俺叔他出事了……"荣斌拔出手枪就往村口跑去，村口还站着很多乡亲。有人喊道："荣所长，马村长被鬼子烧死了！"

荣斌走上前，一下子就跪在了马大宝的身旁，他刚掀开盖在马大宝身上的那件沾着血迹的羊皮袄，震惊地睁大了双眼，眼前的马大宝已经被烧成了黑黑的一团。

"铁柱他爹，你死得好惨啊！"山花一路扶着刘苦妮来了，刘苦妮声音颤抖着说，"为了保护伤员，你死得值，一点都没给咱山里人丢脸！"说完，她往四周看了看，急切地问道："山花，铁柱他们呢？"

"俺看到铁柱带着几个人引着小鬼子往西跑了。"旁边有个村民回答。山花和荣斌突然意识到了什么，站起身来，向西山跑去，村民们也都跟了上去。

荣斌是第一个发现情况的。他爬到西山后，就看到地上躺着几个被打死的日伪军。他又往前走了走，在西山和主峰之间的凹沟发现了五具老百姓的尸体，还有被摔碎的土枪，他们身上都伤痕累累。

山花和村里的人紧跟着来了，"这就是铁柱兄弟！还有马石山！"山花指着尸体哭着对荣斌说。正说着话，山花的丈夫马铁栓从远处跑来，他的左胳膊被敌人打断了，走路摇摇晃晃的。马铁栓告诉荣斌，敌人一直追着他们打。

大家把烈士的遗体抬回村里，刘苦妮再也忍不住了，她一下子扑在儿子身上，放声大哭起来。在场的人都哭了，八路军伤病员们也泣不成声，哭声震动着整个山谷。

当天晚上，就有九名轻伤员申请归队打敌人。临分手时，伤员们都齐齐跪在了乡亲们的面前，含泪说："乡亲们，看我们的行动吧，等赶走了小鬼子，我们再回来看大家！"

乳汁救亲人

明德英

在临沂市依汶镇鲁中革命烈士陵园内，矗立着一座石碑，它向人们诉说着在沂蒙这片热土上，沂蒙红嫂明德英救护八路军伤员的感人故事。

明德英出生于 1911 年，两岁时因一场大病导致听力丧失，加之不会说话，在很多人眼里她既聋又哑。罹患重疾、母亲去世、继母寡情、战乱频仍……明德英经历了太多苦难，她靠四处讨饭为生。21 岁那年，明德英讨饭来到沂南县马牧池乡横河村。村里人看她实在可怜，就把她介绍给单身汉李开田。明德英和李开田结婚后，既没有田地种，也没有房子住，村里就安排他们去王家河西岸看护全村的坟场。

随后，这对夫妻住进了王家河边的团瓢（团瓢是沂蒙山区常见的一种茅屋建筑，因外形像葫芦瓢而得名）。他们精心打理坟场，学着垦荒种田，勉强能够维持生计。随着家里陆续添丁，几个孩子嗷嗷待哺，他们的日子变得艰难起来。

同样艰难的，还有当时整个沂蒙山区的抗日斗争形势。1941 年 11 月 2 日，日军五万余人采取"铁壁合围"战术，大举"扫荡"以沂南县为中心的沂蒙山区抗日革命根据地。11 月 4 日拂晓，驻扎在马牧池

沂蒙红嫂纪念馆入口处

乡的八路军山东纵队司令部被日军包围，指挥机关陷入困境。前来接应的部队在田家北村与日军遭遇，双方展开激战。八路军机关工作人员趁机从马牧池突出重围，却又被凶狠的日军打散，损失惨重。

这天一大早，李开田就和村里的民兵翻过大山去运送伤员了。中午，明德英正抱着不到一岁的小儿子在团瓢门前晒太阳。突然，明德英看见坟场出现一个踉踉跄跄的人影。她很快镇静下来，然后一边若无其事地撩起粗布棉袄，给儿子喂起奶来，一边偷偷向林场那里看，时刻观察着动静。

原来，那是一个八路军小战士。当时，他正被四五个日军追赶。几个小时前，这个小战士刚冲出包围圈就被盯上了。他跑到王家河沿，看到坟场里葱郁的松树、柏树一棵挨着一棵，十分利于隐藏，就躲进坟场继续与日军周旋，不料肩膀中枪。他强忍着伤痛准备向北跑，一眼就看见了正在团瓢门口喂孩子的明德英。

明德英也发现了他，放下孩子就迎了上去。小战士手捂着肩膀叫了声"大嫂"。明德英指指自己的嘴巴、耳朵，不断摆手，表示自己是聋哑人。小战士焦急地用手比画，明德英很快就明白了，赶紧把他拉进了团瓢。小战士看着破陋的团瓢，觉得不好藏身，又担心连累他人，转身要走。明德英看出端倪，一把将小战士摁在床下藏了起来，并示意他不要出声。然后，明德英装作若无其事的样子，抱起啼哭的孩子，坐在团瓢门前继续晒太阳。

很快，日军就追来了。他们根本没有理会明德英，直接钻进团瓢准备搜查。可能是因为团瓢太破陋了，他们看了一眼就准备离开。日军回头发现明德英是个聋哑人，打手势问她有没有看见一个受伤的人，机智的明德英朝西山方向指了指。几个日军信以为真，扭头就向西山追去。

日军走了以后，明德英钻进团瓢，才发现那个小战士由于失血过多已经昏迷，手脚开始抽搐。他嘴唇干裂，喊着要水。明德英赶忙跑到水缸一看，水缸已见底，她急得团团转。此时，床上的儿子突然哭了起来。儿子的哭声一下子提醒了明德英，实在不行就给他喂点奶水

群众参观沂蒙红嫂纪念馆

吧。明德英虽然脸上一阵发烫，但还是毅然做了决定。她迅速解开衣襟，把奶水一滴一滴地挤进小战士嘴里。因为营养跟不上，明德英的奶水并不多，她就一直双膝跪着，一滴……两滴……不知挤了多久，直到小战士渐渐清醒过来。看到眼前的一幕，小战士不好意思地推开了她，含着泪说了声："谢谢大嫂……"

天擦黑的时候，李开田回来了。他们一天向北大山医院转移了十几名八路军伤员，回来的路上又遇见日军盘查，只好躲到天黑才回来。看到受伤的八路军小战士，李开田一脸诧异。明德英比画了半天，小战士也在一旁解释，他才明白过来。李开田接着说了村子外面的情况。明德英感觉形势紧张，就比画着和丈夫商量，想把小战士转移到坟场的一座空坟中。小战士也觉得这个方法可行，提议马上转移，以免连累他们。

趁着天黑，明德英和丈夫在那座空坟里铺了厚厚的干草，并用杂草做了伪装，然后把小战士扶进去躺好，叮嘱他千万不要出来。当时正值冬季，明德英把家里唯一的破棉被给小战士送了过去，他却死活不要。为了让小战士尽快痊愈，明德英杀掉了家里仅有的两只老母鸡，给他补身子。后来，家里实在没有什么吃的了，明德英就跑到村里找老乡借来高粱、小米，给他熬粥喝。

半个多月过去了，在明德英的悉心照料下，小战士的伤好了很多。之后，沂蒙山区的反"扫荡"斗争进展顺利，增援的八路军部队接连拔掉了垛庄、青驼等多个敌据点。小战士急着返回部队，明德英和丈夫拦不住，只好送他离去。

关于这位八路军战士的情况，明德英和丈夫了解的并不多，他们只知道他是当时驻扎在马牧池乡的八路军山东纵队司令部机关炊事班的一名姓徐的战士。

舍子保卫《大众日报》

1941年夏天，日军把《大众日报》社列入重点破坏和"扫荡"的目标之一，上级决定把报社在莒县的印刷所转移到山深林密、便于隐蔽的莒县后横山村，工作人员就住在张大娘家。

张大娘姓邵，她没有自己的名字，因为丈夫姓张，所以被大家称为张大娘。她的丈夫张树贵是中共地下党员。在十分艰苦的环境下，张家采取各种办法支持报社的工作，保证了《大众日报》的正常出版。张大娘联合村里的其他几位妇女，一起照顾着《大众日报》社工作人员的饮食起居。

1942年9月13日，日军发动大规模的"扫荡"。张树贵接到消息后，立即组织民兵和报社人员将印刷设备藏到山洞里。

日军来时，张大娘正在为报社人员烙煎饼，听说日军来了，张大娘立刻警惕起来。她想："这香喷喷的煎饼是给俺八路军烙的，可不能落到鬼子手里。"她用包袱把煎饼卷起来，一手抱着出生不满百日的孩子，一手拎着烙好的一摞煎饼，就往村前的黄豆地里跑。她是个小脚，又很瘦小，跑着跑着就摔倒了，孩子被摔得哇哇哭。远处有人喊："你快把包袱扔了吧！怎么这个时候还舍不得那点儿财？"张大娘道："死了俺也不扔，俺还得留着给八路军吃呢。"

她把煎饼藏在黄豆地里后，刚到村前就被日军和汉奸截住了。一个汉奸凶狠狠地说："皇军说了，把所有粮食通通拿出来。"张大娘很沉稳地说："没有，俺家锅都揭不开了，哪有什么吃的！"汉奸说："你撒谎，没吃的，你家还养着孩子呢！你家不仅有粮食，还收留了八路，给《大众日报》做事，是不是？"张大娘说："俺连八路是干什么的都不知道！再说，穷人就不能养孩子了？富有富养的办法，穷有穷养的门道。"

"啪！"看到张大娘还在"狡辩"，一个日军一枪托把张大娘打倒在地。张大娘怕摔坏孩子，紧紧地抱着孩子，用自己的右手和头护住孩子的身体。

这时，汉奸一把从张大娘怀里抢过孩子，举过头顶，恶狠狠地说："不说就摔死你的孩子！"

张大娘被汉奸的举动吓蒙了，一时说不出话来。

汉奸以为张大娘屈服了，对她说："说出报社和八路的下落，你的孩子就有救了。"只要她说出来孩子就没事了，可张大娘还是流着泪说了句："俺真不知道！"

汉奸本来是以孩子作为要挟吓唬张大娘的，但气急败坏的日军却从那汉奸手里抓过孩子，举到半空中，一下子摔在了地上。只听砰的一声，那孩子的哭声瞬间停止了，张大娘大叫一声就昏了过去。

等张大娘醒来时，她的身上已经湿透了。敌人用冷水把她泼醒后，又对张大娘吊打施刑、灌凉水，凉水灌进去后再用脚踩着肚子让她吐出来，把她折磨得几度昏死过去。敌人从晌午开始一直折腾到太阳偏西，也没有从张大娘嘴里得到什么有用的情报。最后，敌人在村子里放了一把火，悻悻而去。

《大众日报》保住了，但张大娘的儿子却离开了人世，张大娘对敌人的仇恨更深了一层。不久，她就申请加入了中国共产党，继续参与抗敌斗争。

小小针线包

在菏泽市丹阳路的冀鲁豫边区革命纪念馆展厅里，有一件十分特别的参展文物，它是一只小小的针线包。别看它不起眼，但在抗日战争时期却发挥了巨大作用。

1941年冬天的一个夜晚，阴沉沉的天空中飘着鹅毛般的大雪，鲁西南定陶县城北五千米的游集村很快披上了一层银装。村西头一处破败的院子外，随着一阵急促的敲门声，女主人朱文起打开院门，迎进来丈夫的亲侄子游文斋。

进屋后，时任中共定陶特支书记的游文斋向朱文起详细介绍了共产党情报工作面临的严峻形势：屡屡遭敌人破坏，情报交通员不是被捕，就是牺牲了，定陶特支的情报工作一时陷于瘫痪状态。

朱文起听后问："我能做什么？"

"想请四婶出任地下交通员！"

朱文起一听，犹豫了片刻说："我斗大的字不识一箩筐，能行吗？"

"行！这个工作同您识不识字关系不大，只是挺危险的……"

"你们年轻人都不怕，我还怕啥？我也看准了，不把鬼子赶走，就没有咱老百姓的好日子过。文斋，你说咋办吧，四婶听你的！"

接着，游文斋将朱文起的情况向鲁西南地委做了汇报。经地委批准后，朱文起就以讨饭和卖针线作为掩护，正式担起了定陶特支地下交通员的重任。

一天，朱文起挎起篮子外出讨饭，篮子中还有一样东西——针线包，别小看了它，定陶报送鲁西南地委的一份秘密情报就藏在其中。

过日伪军岗楼时，朱文起想起游文斋的嘱咐：一定不能紧张，不少交通员就是因为紧张才被看出破绽的。她稳了稳神，继续往前走，一个伪军斜着眼睛瞅了她一眼，她马上瞪起眼珠子"回敬"过去。当这个伪军问她针线包里装有什么东西时，朱文起从中快速拈出几根明晃晃的纳鞋底的大针来，朝他眼前一晃，那家伙吓得直往后退，不耐烦地摆摆手让她走了。

后来，朱文起又接连在特支和地委之间传送了几次情报，均出色圆满地完成了任务。1941 年底，定陶特支根据朱文起的表现，批准她加入中国共产党，她的工作干劲儿更足了。

1942 年春，中共定陶县委成立后，朱文起继续负责和地委、地委敌工部之间的联络工作。当年 5 月，定陶抗日县政府武装科成立，她又担负起武装科及县大队和鲁西南军分区之间的联系工作。她昼夜奔波于根据地和敌伪统治区之间，每天跋涉五六十千米是家常便饭。

1943 年夏，游文斋交给朱文起一份紧急情报，要她务必在天黑前把情报送到地委。这次，因为情报纸页多，针线包放不下，朱文起便把情报折叠整齐后藏在贴身内裤的口袋里，装扮成乞丐上了路。在经过定陶与菏泽交界处的一个敌军岗楼时，她和行人被四个伪军挨个盘查搜身，破竹篮也被翻了个底朝天。

敌人不死心，又把她带到炮楼内盘问。原来，朱文起频繁出入这条路，早已引起他们的怀疑，他们威胁说要把她送交日军宪兵队。朱文起就一把鼻涕一把泪地大哭起来："你们有种上战场杀敌去，欺负我一个要饭的算什么本事。"哭闹了一阵，敌人也没发现什么破绽，只得把她放了。

1943 年 6 月 24 日下午，共产党获得一份日伪军一个中队次日要去田集区"扫荡"的重要情报，让朱文起负责连夜将情报送到田集区游击队。朱文起一路攀越了三道封锁沟，闯过了两道敌哨岗，终于在天亮前将情报送达目的地。一大早，游击队便在日伪军的必经之地埋下地雷和伏兵，消灭了日伪军18人。

在歼灭大土匪、汉奸王子杰的战斗中，朱文起的情报工作发挥了巨大作用。因为她白天传送情报已经跑了四五十千米，已经累得够呛了，但夜间10时左右一接到情报，她二话没说，就立即直奔20多千米外的八路军指挥部。

朱文起知道这份情报的重要性，她几乎是一路小跑着过去的。因为疲劳过度，她在路上跌倒了好几次，每一次都是挣扎着站起来后继续往前跑。凌晨1时许，朱文起将情报送到目的地后，就一下子瘫软在地上。军分区政委刘星含泪同警卫员一起将她抬到床上休息，然后马上集合部队，消灭了王子杰这个恶贯满盈的大汉奸。

随后，鲁西南地委、军分区召开庆功大会，给朱文起记特等功一次。

沂蒙"刘胡兰"

1924年，吕宝兰出生于临沂罗庄湖西崖村一个贫苦农民家庭。受参加八路军的哥哥影响，她从小对革命工作充满了深深的向往。

1941年冬，因生活所迫，吕宝兰随父亲逃荒到莒南县兴云区杨家三义口村，并在此落户。在这里，她积极参加斗恶霸、斗地主的活动，组织青年人成立识字班，利用空闲时间学知识、学文化，并担任识字班队长。

1943年，吕宝兰加入中国共产党，任兴云区代理妇救会会长。任妇救会会长期间，吕宝兰广泛发动群众，开展文化运动，利用识字班、

沂蒙山区妇女做军鞋支援前线

冬训班进行扫盲，传播革命精神。她还带领群众开展减租减息运动，带头做好拥军支前工作，做鞋袜、缝衣被、碾米磨面，等等。因工作出色，吕宝兰多次受到领导的表扬。

1945年9月，临沂城解放。组织选派吕宝兰到朱陈区担任妇女委员，主要负责减租减息运动。此时的湖西崖村情况复杂，斗争残酷。吕宝兰主持召开群众诉苦清算大会，对大地主"张霸天"进行清算。佃户们如潮水般涌向张家大院，把那些本该属于自己的东西拉回家里，整个湖西崖村比过年还热闹。

吕宝兰没收了"张霸天"等地主的土地，按人头分给了贫雇农；县政府还颁发了土地证，保障翻身农民的土地权，让群众吃了颗"定心丸"。这场土改运动触动了地主阶级的利益，加剧了他们对共产党人的仇视。

078 · 1947年，国民党集中兵力对沂蒙山区发动重点进攻，逃亡在外的国民党临沂行政督察专员王洪九等人勾结"张霸天"等地主，组成"还乡团"回到临沂城，对地方党组织及进步农民进行疯狂报复。王洪九更是叫嚣："在临沂城不杀三千共产党人和土改积极分子，我王洪九誓不为人！"

面对形势的变化，吕宝兰和区上的同志转移到湖西崖村西面约十千米路外的山上，继续开展革命工作。

1947年2月22日一大早，吕宝兰和同志们悄悄潜回村里收军鞋，没想到被"张霸天"的人盯了梢。为了不伤及群众，保护好大家辛辛苦苦做好的军鞋，吕宝兰和父亲吕其太毅然决定引开敌人。由于敌众我寡，除背着军鞋早已隐蔽起来的两人外，其余同志连同吕宝兰父女在内全部被俘，被关进王洪九的杀人魔窟——临沂监狱。

在临沂监狱，吕宝兰受尽折磨。为了挖出共产党人的藏身之处，王洪九指使特务队用尽各种毒辣手段审讯吕宝兰。压杠子、老虎凳、灌辣椒水、火烧脚心、竹签钉手指，吕宝兰痛得多次昏死过去。

见吕宝兰不招供，王洪九又想出了个阴招，他用酷刑折磨吕宝兰的父亲和弟弟，妄图逼吕宝兰开口。眼睁睁看着自己的家人被折磨得死去活来，听着亲人撕心裂肺的惨叫，吕宝兰肝肠寸断。她眼含泪水，强忍悲痛，对王洪九等人破口大骂，不断鼓励亲人不要向敌人屈服。

1947年农历四月八日清晨，吕宝兰被敌人押赴刑场。刑场上，王洪九问吕宝兰招还是不招，吕宝兰看了看他，轻蔑地笑了笑。王洪九恼羞成怒，下令割掉了吕宝兰的双乳。

在行刑的最后时刻，吕宝兰咬紧牙关猛地举起右手，怒视着敌人的枪口，昂首高呼："打倒国民党反动派！""打倒地主阶级！""中国共产党万岁！"一阵枪响后，年仅23岁的吕宝兰倒在了血泊中。

2010年，烈士吕宝兰与沂蒙母亲王换于、支前模范沂蒙六姐妹、乳汁救伤员的红嫂明德英一同当选为"山东妇女杰出人物"，吕宝兰还被誉为"刘胡兰式的女英雄"。

勇闯虎穴传情报

刘玉梅是沂南县青驼镇南宅子村人，1938 年夏担任村妇救会会长，1941 年春加入中国共产党。她勇闯虎穴，积极为党组织传递情报，打入敌人内部瓦解伪军，为抗战胜利做出了重要贡献。

青驼镇地处临蒙公路，是山东抗日中心的"南大门"，战略位置非常重要。为巩固抗日根据地，守牢"南大门"，党组织决定利用刘玉梅夫妇的面食铺作为掩护，建立一个秘密联络点。

刘玉梅每次接受任务后，都是亲自把情报送到邵家峪中心情报站，交给一个姓丁的。若此人不在，她就把情报放在约定的地点藏好，从未出过差错。

一天傍晚，刘玉梅夫妻俩正忙活着，突然闯进来一个陌生人，急匆匆地问："有烧饼吗？称二斤。"

"有，要现钱！"刘玉梅一愣赶紧回答。见是自己人，刘玉梅赶紧将那人带到后屋。

"您就是玉梅姐吧？"那人见对上了暗号，握着刘玉梅的手，迫不及待地说，"我是从敌据点里来的，这是敌人行动的情报，务必在天黑前送出去。"那人从衣袖里取出一封信交给刘玉梅后，就急匆匆地离开了。

刘玉梅赶紧将情报藏在一个竹筒里，嘱咐了丈夫一声，便挎着个篮子，一溜小跑出了门。她避开大路，走山沟、穿树林，一口气跑了20 多里路，终于在天黑时分赶到了邵家峪。部队接到情报后，迅速转移，使敌人"围剿"时扑了个空。

1941 年秋，抗日形势恶化，日军在青驼周围安设了据点，设立了剿共队、伪警察所、伪乡公所等，加强了对这一带的控制。

为了适应新的斗争形势，准确掌握敌人的情报，上级决定让刘玉梅打入敌人内部，担任伪庄长，组织两面政权。有了伪庄长这个身份，她可以经常出入日军据点，把情报源源不断地送给八路军。

有一次，刘玉梅听到驻在临沂的日军要"扫荡"根据地，晚 6 点到青驼吃饭，晚 8 点包围八路军在孙祖的领导机关。事关重大，如何弄清敌人的兵力和装备情况？她急中生智，赶忙拿了口袋、账册、算盘，来到临沂去青驼必经的一座桥头上，伪装收公粮。不一会儿，敌人的大队人马开来。刘玉梅一面和伪军打招呼，一面把从桥上经过的敌人及其武器数了个清清楚楚。敌人过桥后，她及时将情报送了出去。等敌人赶到孙祖镇时，部队机关、群众已安全转移，敌人的"扫荡"再次落空。

1943 年秋，组织上又交给刘玉梅一项更重要的任务：在青驼伪警察所内部建立关系，瓦解敌人。当时，伪警察所里有位姓张的所长，是刘玉梅争取的主要对象。她通过一个叫谭克贤的人，结识了张所长，以常接触、细观察、多考验的方式，逐渐做通了张所长的工作，让张所长不断提供情报，遇事能帮忙。等到时机趋于成熟时，刘玉梅及时向上级做了汇报。为了确保万无一失，县委又派县公安局局长娄家庭到刘玉梅家中，同张所长做了一次详谈，对张所长进行了"抗日救国，中国人不打中国人"的教育，使张所长弃暗投明。

1944 年春，青驼伪警察所的 30 多名伪警察在张所长的带领下向八路军投诚，迫使日军放弃了青驼一带，根据地得以扩大。张所长激动地说："多亏了玉梅姐给我指了一条光明之路！"

1945 年 3 月，刘玉梅因表现突出，受到罗荣桓、王建安、高克亭等领导人的接见，并当选为延安英模代表大会的代表。

拆庙建起汪洋台

汪洋台位于济南市莱芜区茶业口镇吉山村，这里建有抗日烈士纪念碑和汪洋台展览馆，是山东省文物保护单位，还是省级爱国主义教育基地和青少年教育基地，入选全省第一批不可移动革命文物名录。然而，在80多年前，这里还是一座老百姓供奉的龙王庙。

1942年10月16日，泰山地委、军分区机关近600人进驻莱芜茶业口刘白杨村。就在当天，泰山军分区政委汪洋接到次日清晨转移的命令。

17日拂晓，战士们还在睡梦中，刘白杨西山突然传来手榴弹的爆炸声，北山、南山也随即炸响。日伪军分数路包围我党政军机关。汪洋按照省委的指示向东突围，意与驻扎在淄河一带的廖容标司令会合。为掩护机关人员突围，他带领军分区司令部和一营两个连抢先向东面的吉山村奔去。

刚到村东，他们就遭遇了敌人的伏击。汪洋命令一连一排阻击敌人，让参谋长刘国柱率司令部人员、《泰山时报》部分编辑向东南方转移，命令二排、三排抢占吉山南山制高点。守卫南山的敌人大约有一个排的兵力，他们架不住二排和三排的猛攻猛打，丢下十几具尸体败退……汪洋站在山头上用望远镜环视一周，看到吉山河的东山、北山、西山上布满了敌人，西、北两山的敌人正向八路军合围，退路被切断，唯一的突破口就是向南。恰在此时，南退的敌人随同援军又返了回来。敌人开始疯狂反扑，激战中八路军的子弹全部打光，被迫从山头撤了下来，汪洋带领战士们与敌人在吉山东边的河滩上展开了惨烈的肉搏战……

敌众我寡，筋疲力尽的战士一个个英勇地倒下去。汪洋身上多处受伤，面对穷凶极恶的敌人，他不想躺着死去，但无论怎样用力，他的腿已经动弹不得。他双腿盘坐后，毫不畏惧地朝自己的右太阳穴开了枪……

吉山战斗中，汪洋政委及237名战士、26名民兵壮烈牺牲，其余300余人艰难突围，无一人变节投敌。

汪洋牺牲后，当地群众强烈要求将他厚葬。1945年4月，泰山区地委、专署、军分区一致决定，在吉山村修建"抗日烈士纪念碑"。当时，军地代表选了几个地方都不理想，只有村西钓鱼台上的龙王庙位置最合适。征求意见时，全村干群一致表示："拆掉龙王庙，修建汪洋台，把最好的位置让给革命烈士。"

这一天，淄川县委副书记李元荣来到吉山村，查看纪念碑修建情况，他问在场的茶业区委书记常锐："老百姓对龙王庙不是很敬重吗，怎么会同意拆掉龙王庙，修建纪念碑呢？"村里的几位老人抢过话茬说："日本鬼子烧杀抢掠，龙王没有阻挡他们；鬼子的大刀砍向同胞，龙王没有保佑我们；倒是共产党、八路军打鬼子、除汉奸、减租息，为掩护群众牺牲自己，他们才是真正的神！只有保护好烈士英灵，我们才能够心安啊！""拆掉龙王庙，修建纪念碑！"在场的群众异口同声。

就这样，吉山村的人民怀着无比崇敬的心情，将烈士纪念碑建在龙王庙的位置上。修建汪洋台烈士纪念碑历时五个多月，共动用人工一万多个，263位烈士的英名都被镌刻其上。廖容标、欧阳平、武中奇等党政领导分别题字纪念。同时，人们将烈士遗骸移葬至汪洋台北面的洼地，此处依山傍水，林木葱茏，距离风景秀丽的汪洋台只有几十米。

断亲闺女奶养八路娃

1942 年 12 月，廖荣标司令员正带着泰山军分区的主力战斗在淄博的淄河一带，他的夫人汪瑜在章丘垛庄生下长子廖鲁新。为了不耽误行军打仗，夫妻二人商议将孩子交给当地的老乡抚养。时任雪野区东栾宫村党支部书记刘福禄接受了这项任务。为了安全起见，刘福禄找到家住船厂村的妹妹刘福英，此时的刘福英刚生下三女儿不到四个月，正值哺乳期。船厂村山高林密，交通不便，又加上八路军的一个兵工厂隐藏在那里，群众基础较好。

刘福禄说明来意，妹夫陈业成、妹妹刘福英一口答应下来。当天下午，陈业成跟着刘福禄来到章丘垛庄的一个小山村，见到了廖荣标夫妇。

汪瑜给刚出生三天的孩子喂完最后一次奶，依依不舍地把他交到了刘福禄手里："孩子托付给你们，让你们受苦受累了。"说着翻身下炕，跪在地上磕了个头。

"妹子，大月子里可不是闹着玩的，快上炕歇着吧。"陈业成连忙上前扶起汪瑜。"孩子起名了吗？"

"情况紧急，部队要马上转移，一切拜托你们了。"廖荣标说，"我想好了，就叫他鲁新吧，我在山东打仗五年了，朴实勇敢的山东老乡供养着我们，付出了一切。孩子又是在这里出生的，鲁新，寓意山东父老早一天过上新生活。"

夜幕降临，刘福禄、陈业成轮流抱着小鲁新连夜赶回了家。刘福英一直等着没睡，借着昏暗的豆油灯光，她看清了小鲁新干巴巴的脸，一个又黑又瘦的小家伙，她的心中一阵酸楚，赶忙给孩子喂奶。小家伙也是饿极了，一顿吮吸。

刘福英一家五口，生活非常拮据，现在又添了小鲁新，更是难上加难。刘福英的奶水本来喂三妮就不够，现在同时喂两个孩子根本不可能，于是夫妻二人商量把小三妮的奶水断掉，只喂小鲁新一个。小三妮刚刚四个月大，刘福英就给她喂起了小米粥。

一天晚上，天气闷热，陈业成夫妇安顿好孩子刚准备睡觉，突然听见"砰砰砰"的敲门声。陈业成赶忙把门打开，只见一男一女跟着刘福禄进了门。

陈业成马上认了出来，对妻子说："这就是小鲁新的父母，咱队伍上的领导。"还没等刘福英反应过来，汪瑜上前一步攥住了她的手："嫂子，让您受累了……"廖荣标也拉着陈业成的手说："大哥，你和大嫂辛苦了，部队转移路过附近，我俩过来看看。"

刘福英赶忙把熟睡的小鲁新抱起来递到汪瑜的怀里，汪瑜看到这个又白又胖的小家伙，与几个月前判若两人，她哽咽着说："嫂子，你能把鲁新养得这么好，我这当娘的就放心了，真是难为你们了……"廖荣标夫妇这次看望只待了十多分钟，因为要追赶部队，他们匆匆而去。临走，他们偷偷地把三块银圆放在了炕沿上。

时光如梭，转眼大半年过去了。小鲁新长得很快，小脚一踮一踮地围着刘福英转，一声一声的"娘"叫得刘福英心里乐滋滋的。小三妮早早断了奶，面黄肌瘦，但吃什么她都让着小鲁新，一家人虽然日子过得紧巴，但也其乐融融。

一天，姐弟四人在院子里玩捉迷藏，院外来了一队人马。刘福英夫妇出来一看，牵着大白马第一个进院的是廖荣标，紧跟在后面的是汪瑜。汪瑜拉过刘福英，坐在长石条凳上："嫂子，这次来又给您出难题了，部队要进行大转移，也不知道什么时候回来，我想把鲁新带上，好减轻您的负担。"

"带上就带上吧，你们也想孩子，要不是兵荒马乱的，谁愿意把孩子托付给别人呢。"刘福英红着眼圈把小鲁新交给汪瑜，"鲁新，这是你的亲爹娘，他们来接你了，你、你跟他们走吧。"

"娘！你不要我了，鲁新今后听娘的话……"小鲁新"哇"的一声哭了起来，闹着不走。廖荣标一把抱起哭闹的小鲁新，朝刘福英夫妇一鞠躬："大哥大嫂，大恩不言谢，后会有期。"说完转身离去。

望着远去的身影和渐渐消失的哭喊声，刘福英呆呆地坐在院外的老榆树下，半天没有动静。周围的一切仿佛凝固了，凝固得让人心慌，让人窒息。

三天后的傍晚，刘福英的娘家侄子刘忠来了，说："小鲁新现在被寄养在雪野区吕祖泉村一户马姓人家，天天哭着找娘。组织上让我请您去马家待一段时间，让鲁新适应一段时间再回来。"

刘福英安排好孩子，和丈夫说了一声，就连夜跟着刘忠去了30里路远的吕祖泉村。几天不见，小鲁新明显瘦了许多……刘福英把小鲁新抱在怀里，然后坐在炕沿上，一坐就是一个多小时。

鲁新的新养母名叫朱尔美，是个忠厚善良、朴实能干的庄户妇女。天明的时候，鲁新醒了，看见刘福英便大哭起来："娘！娘！你为啥把我送给人家？你为啥不要我？娘——""孩子，接走你的才是你的亲爹娘，他们不能带着你去打仗。你还小，长大了会明白的……"

刘福英在吕祖泉村一待就是一个多月，直到小鲁新适应了新养母朱尔美。

新娘送郎上战场

"正月里来正月正，劳动模范孙桂英。抗战支前打先锋，耕种拉打是标兵。"这是抗战时期，马陵山游击区干部群众根据孙桂英的模范事迹编写的一首歌曲，孙桂英的名字很快响遍了整个滨海地区。

1925年3月，孙桂英出生在苍山县南哨村一个普通的农村家庭。17岁那年，孙桂英出嫁到了郯城县前城村。

当抗日的烽火燃遍鲁南大地时，善良纯朴的孙桂英意识到：不赶走日本鬼子，人民就甭想过上安稳日子。她恨自己不能像男儿那样扛起枪杆，保家卫国。

新婚不久，村里召开动员参军大会，孙桂英首先想到了自己的丈夫宋伯法，她积极鼓励和支持丈夫参军。这件事很快传到公婆的耳朵里，两位老人死活不同意，理由是：宋家只有伯法这根独苗，儿媳妇又刚过门，若是儿子有个好歹，往后的日子可咋过啊。

孙桂英猜透了老人的心思，就三番五次地劝公婆："爹、娘，您老人家想过没有，不赶走小日本，咱老百

根据地群众为新战士戴"光荣花"

莒南民兵举行参军誓师大会

姓猴年马月才有出头之日？伯法去当八路军，这可是咱穷人的队伍啊！伯法走了，家里的困难由俺顶着，耕种拉打，拾柴做饭，俺全包了！"在孙桂英的劝说下，公婆终于点头同意了，宋伯法第一个报名参加了八路军。

孙桂英送郎参军的动人事迹很快在滨海地区传开，学习孙桂英送郎参军的热潮迅速在这个地区展开。

孙桂英的丈夫参军后，由于公婆年老体弱，小姑子不满十岁，家务活全落在了孙桂英一个人的身上。当时，上级已经颁发了优抚政策，对军属实行代耕代种，可孙桂英坚决不要上级照顾，她家有十几亩山岭薄地，耕种拉打都是自己干。

孙桂英常和其他抗属说："咱们抗属光荣，是因为家里有人打鬼子，给老百姓除害；要是咱抗属不生产，在家里坐吃等穿，给村里添麻烦，那咱就不光荣了。"在她的说服下，有好几户抗属都不让代耕代种。她下地干活时，总是挑着两个筐，一头拾粪，一头拾柴，从不怕别人议论讥笑。她是全村第一个学会扶犁耕地的女人，也是第一个学会推车送粪的女人。

1943 年，孙桂英精心种植的棉花创下亩产 250 斤籽棉的好收成，她被区委领导称为"种棉能手"。这年夏天，天气干旱，在她的精心管理下，她家共收获粮食 2600 多斤、籽棉 500 多斤，除了留下家里人的口粮外，其余的全部支援了前线。孙桂英被群众推选为劳动模范，光荣地出席了滨海区劳动模范授奖大会。

1943 年春，孙桂英光荣地加入了中国共产党，并担任了村党支部委员。为了支援八路军抗战，她组织妇女做军衣、军鞋，碾米、磨面、烙煎饼。

这年夏天的一个夜晚，天下着大雨，孙桂英突然接到上级命令，要村里连夜加工 2000 斤小米，天明送到区委。她立即冒雨敲开各家的门安排碾米，任务落实后，又跑回家中把自己分的 50 斤米碾出。天刚放亮，孙桂英按时将 2000 斤小米送到区委。

据不完全统计，1943 年至 1945 年的三年间，孙桂英带领全村 60 多名妇女做军鞋 1000 余双、碾米 10 万多斤。为了支援部队，她还带领妇女到江苏新浦、青口一带贩运食盐，挣钱献给地方党组织。当时《大众日报》《滨海日报》都报道过孙桂英的模范事迹。

贴心拥军的妇救会会长

张秀菊是莒南县道口镇曹家庄子村人，20岁时嫁给了薛家道口村贫苦农民薛永福。

1942年，张秀菊担任了村里的妇救会会长，不久就加入了中国共产党。这年，正处于抗日战争最困难的时期。上级下达了征兵任务，为了动员群众参军，她第一件事就是说服公婆，替他们的儿子报名参军。

告别亲人上前线

在她的带头和发动下，全村一次就有七名青年报名参加了八路军。

同年8月，驻滨海区的八路军连续发起三次甲子山战役。其间，张秀菊组织全村妇女支前，昼夜不停地缝军衣、做军鞋、碾米、磨面、烙煎饼。全村妇女为前线将士烙了上万斤煎饼，做了上千双军鞋。

为了鼓舞部队作战的士气，张秀菊绞尽脑汁地出主意、想办法，她把煮熟的鸡蛋、炒好的花生染成红色，在鸡蛋上贴上写有打气鼓劲的顺口溜纸条，送往前线。战士们收到乡亲们送来的慰问品，格外感动，士气大增。

作战期间，经常有伤员从薛家道口村路过，张秀菊就组织群众搭建临时床铺，供伤员休息。战争年代，物资匮乏，上哪去找这么多床铺？张秀菊一着急，想起了自家的大门，两块大门板不就是现成的床铺？

"大门是宅子的门面，挡风防贼，门板摘下来让重伤员躺了，全家人容易晦气。"她和公婆商量，本来就迷信的婆婆，脑袋摇得像拨浪鼓。

"兵荒马乱，咱老百姓上哪有好日子过？没有八路军赶走日本鬼子，再好的门板也挡不住鬼子烧杀抢掠！"张秀菊苦口婆心地说服公婆，第一个把自家的门板摘下来，用砖头支起了两张简易床铺。表率是最好的动员令，全村人纷纷摘下自家的门板，给八路军伤员当床铺休息。

由于部队医护人员紧张，张秀菊就带领全村妇女帮助护理伤员。全村摘下了多少块门板、救护了多少名伤员，谁也说不清楚。这三次甲子山战役，由于后方保障有力，战役取得了胜利。战后，滨海军区为张秀菊记大功一次，三等功三次。

这年底的一天早晨，一小股伪军进入薛家道口村。正在这里开会的大店区妇救会会长李瑞清来不及撤离，躲进了张秀菊家。张秀菊立刻为李瑞清换上衣服，让她装病躺在床上。

伪军闯进张秀菊家，问床上躺着的是谁，张秀菊镇静自若地说："这是我的闺女，这两天得了烈性传染性鼠疫，正在求医问药。"伪军一听是烈性传染病，吓得扭头就走。

1945年，张秀菊见村里几户贫困农民没有牲口种不上地，就带头组织了一个"养牛合作社"，大家合伙养牛。一年下来，不仅解决了耕种问题，还增加了20多亩地，每户一年多织了四五十匹布，带动了全县的互助合作运动。

这一年，张秀菊出席了滨海区在莒中县寨里河召开的劳动模范大会，在会上她介绍了创办"养牛合作社"的经验，区里奖给她一头毛驴，《大众日报》报道了她的先进事迹。为此，张秀菊被评为滨海区劳动英雄。

1947年2月，张秀菊的丈夫被敌人抓去摧残致死。15天后，她参军的儿子又牺牲了。当时正担任村农会主席的张秀菊没有被这沉重的打击击垮，她化悲痛为力量，带领群众继续奔忙在土改运动中。

中华人民共和国成立后，张秀菊先后获得全国"三八红旗手"、省"建设社会主义积极分子"等荣誉称号，当选为山东省人大代表。

西海地下医院

1942 年 11 月初，胶东军区情报处获悉：盘踞于青岛、海阳的日伪军集中万余人，拟对胶东进行"冬季大扫荡"。

驻扎在大泽山根据地的西海军分区卫生所奉命撤离，将所有伤病员连夜转移，分散在掖南郝家、临疃河、柞村和掖北王门、郑家埠、高郭庄等村隐藏，并开展救治伤员工作。那时，日军已在掖北平里店安设了据点，且三天两头下乡骚扰。

为了保障伤病员的及时救护与安全，西海军分区卫生所所属小组进驻各村后，依靠村党支部集思广益，按照"最危险的地方最安全"的思路，军民合作，在"堡垒户"家的炕洞、锅灶、草垛下等处秘密开挖地道、地洞，创建了名副其实的西海地下医院。

为了尽快完成挖地洞的任务，保证伤员安全，各村群众在党员、民兵的带领下奋勇争先投入挖洞任务，全家同挖、父子同干、夫妻争先的情景到处可见。柞村、后高家村的党员、民兵在村长高天昌、高洪图的带领下，每晚挖洞至深夜，一批累了再换一批，饿了啃几口冷饼子，渴了喝一碗冷水。

老村长高天昌 50 多岁，每晚坚持挖洞。大家劝他休息，他一瞪眼，一捋胡子，郑重地说："怎么，你们看不起我老头子，黄忠八十还上马出征呢！我才五十出头，为什么不能为革命出点力？"在他的带动下，村民们你追我赶，很快便挖了一条约 400 米长的地道，两侧还挖了很多小洞，能住五六十名伤病员。

挖地洞是一件既艰苦又危险的事情，地下医院的工作人员白天忙了一天，晚上还要挖地洞。弯弯曲曲的地洞里，灯火暗淡不清，膀子甩不开，腰直不起来，大量的泥土只能靠一盆盆、一筐筐地传递出去，多数人因长时间在地洞里干活而生病。

共产党员孙宝臣、宋元正，哪里危险就出现在哪里。一次，他们两人奋力挖一个通往洞口的地方，昏暗的灯光下什么也看不清，一个大土块塌下来砸到他们身上。同志们把他们从土中扒出来，两人的腰部被砸伤，钻心的疼痛使他们的脸上挂满了黄豆大的汗珠。他们俩看到大家放下手中的活来照顾他们，便对大家说："我们不要紧，快挖地洞吧。"

地洞无论挖在谁家，谁家都要承担很大的风险，一旦被敌人发现，不仅房子会被烧掉，全家也有被杀害的危险。许多村干部、共产党员带头在自己家中挖。西障郑家村的郑大娘是胶东地区出名的共产党员，是掖县第一任县委书记郑耀南的爱人，她处处带头，大家都十分尊重她。安排挖洞时，考虑到她家的安全，村党支部决定不在她家挖地洞。郑大娘知道后坚决不依，生气地说："掩护伤员我也有份，难道别人家不怕危险，就我家怕危险，你们信不过我还是怎么的？"在她的再三要求下，村里在她家的南屋里挖了一个地洞，住进了七八名伤员。

地洞挖好了，伤病员们相对安全了，但给医务人员带来了很大的困难。地洞的洞口如井口，上下都十分困难，每天送饭、送药、处理大小便，要通过洞口许多次，不少护理员只有十三四岁，他们一只手拿着便盆，一只手扶着洞壁向上爬，稍不小心就会把便盆打翻，粪便会从头到脚浇下来，即使这样，他们仍然坚持工作。

敌人总是千方百计地寻找地下医院，经常对村子进行"大扫荡"，但在村民的掩护下，地下医院成功地躲过了敌人一次又一次的"扫荡"。

1942年冬，掖县城的日军突然来到小武官村，数名工作人员来不及躲藏，只好混在群众中。

不巧，一个伪军硬拉着炊事员老韩给他们带路。老韩是外地人，不仅口音不对，而且对村里的地形、道路根本不熟，便嗫嚅地推说有病不能走路。旁边的一个日军军官见他不走，骂了一声"叭嘎牙噜"，抽出指挥刀，用刀背向他的肩上砍了一下，硬逼着他走。正当老韩犹豫不决时，那个日军军官恶狠狠地举起了刀。

在这千钧一发之际，年近60岁的张大爷冲出人群，一把擎住敌人举刀的手说："太君，他真有病，身子虚不能走，我路熟，身板好，愿为皇军带路。"这时村长也赶来"求情"，敌人这才罢休。就这样，人民群众从敌人的屠刀下救下了一名革命战士。

1944年秋后，全国抗战形势好转，部队决定把卫生所迁到地面上来，存在了两年的西海地下医院就此完成了历史使命，在山东抗战史上留下了宝贵的一笔。

小队员建奇功

张书太是临城（今枣庄市薛城区）渐庄人，他十岁那年，结识了铁道游击队的交通员张文生。他缠着张文生讲打日军的故事，和小伙伴们一起站岗放哨，逐渐成长为儿童团的中坚力量。

一天夜里，张文生对听故事的小朋友们说："快到春节了，鬼子要出来'扫荡'，你们要是发现敌情，就马上告诉我。我住在云鹏家，房后有个大磨盘，有情况就砸石头报信。"

张书太把张文生的话记在心里。这天半夜，他披上母亲的破棉袄，悄悄跑到村头大树下，为张文生放哨。不一会儿，张书太就睡着了，等他被冻醒的时候，天已经快亮了，他往远处一看，村外庄稼地里黑压压的一群人向渐庄围来。他定睛一看，不好，是敌人。张书太飞快地奔到云鹏家屋后，拾起一块石头使劲地敲起了大磨盘。张文生听到后，迅速带上手枪与手榴弹，跳到院墙外干涸的河沟里，向西跑去，把情况及时地报告给了铁道大队。日军进村后，挨家挨户地搜查铁道队员。但由于报信及时，日军折腾了一天还是一无所获。

第二天，人们知道是张书太报的信，纷纷夸赞他是个机智、勇敢的孩子。张书太深受鼓舞，坚决要求参加游击队。可他的父母不放心，铁道游击队的同志也觉得他年龄太小，张文生便帮张书太说情："这孩子同别的孩子不同，他虽然顽皮，却聪明、机智、勇敢，有警惕性。年龄小、个子矮，做侦察工作不会引起敌人的注意，若让他参加游击队，他一定是个好帮手。"就这样，张书太加入了铁道大队。

别看张书太人小，却是个出色的侦察员。1942 年，抗日战争进入困难时期，张书太作为地下情报员，多次出入驻有日军重兵的临城搜集、传送情报。当时临城戒备森严，仅在东门一带就有 200 多人被日军怀疑为地下情报员而惨遭杀害，成年情报人员出入城门的风险极大。张书太因个头较小，像个八九岁的顽童。他挎个小粪叉，穿着裤衩赤着背，假装进城捡破烂，几乎天天出入城门，从来没有引起敌人的注意。他获取的重要情报，当日即可传到大队领导手中。

1943 年底和 1945 年 9 月，他两次出色地完成了护送陈毅过铁路线的侦察任务。陈毅第二次见到张书太时，抚摸着张书太的头说："小鬼，上次见面快两年了，为啥个子不见长哟？"张书太调皮地说："首长，俺把长个的劲儿都攒着啊，等打败了日本鬼子，再一块长！"一句话把陈毅逗得哈哈大笑。

1945 年 11 月，日本天皇宣布投降已三个月，但枣庄的日军却迟迟不向八路军缴械投降。一天，日军开着铁甲车企图逃往徐州，被铁道游击队拦在半路。大队长刘金山、政委郑惕把张书太叫到队部，拿出一份早已写好的向日军发出的最后通牒，让张书太送到日军铁甲车上去。

张书太怀揣"最后通牒"，朝日军的铁甲车阵地走去。当他走到离铁丝网十几米的地方时，突然从低洼的芦苇丛里窜出两个端枪的日本兵，他们气势汹汹地问："什么的干活？"张书太从怀里掏出"最后通牒"在两个日军面前晃了晃："我是八路军飞虎队的，要见你们大太君的干活。"

日军一看傻了眼，急忙带着张书太登上铁甲车。日军军官看了"最后通牒"，和气地对张书太说："我的谈判代表，统统地跟你一起开路。"就这样，张书太顺利地完成了任务。1000 多名日军无条件地向一支不足百人、同他们打了六年仗的铁道游击队投降，成为有史以来军事受降中十分罕见的一幕。

张大娘夺枪记

"山阴村张大娘，个子高衣服长，缴了鬼子枪，政府颁头奖，人人都赞扬，嗨！都赞扬。"这是八路军山东纵队一旅三团根据张大娘夺枪的英雄事迹编的一首歌，当时在平邑县广泛传唱。

1896年，张大娘出生在平邑县郑城镇王家山口村的一个贫穷家庭，娘家姓王，嫁于山阴村张连桂为妻。因其无名字，当地干部群众都习惯称她"张大娘"。

张大娘一家七口人仅种八分林地。大儿子张文彩跑东口挑盐卖；二儿子张文元给地主放牛；丈夫卖豆腐；她除忙家务之外，还在集场卖茶。她家坐落在圩子外面，靠近集场，过往的共产党干部常到她家落脚。在与共产党员的不断接触中，张大娘逐渐懂得了革命道理。

1942年农历正月十六下午，日军到山阴村"扫荡"。张连桂随群众转移，张大娘留在家里。日军带着伪军挨家挨户、翻箱倒柜地搜，逮鸡、牵羊、撵猪，折腾了一夜，张大娘做豆腐的大锅也被揭走了。

第二天一早，张大娘就穿上一件过膝盖的大襟袄，到村口寻找自己的锅。日军正在生火做饭，大槐树下拴着三匹马，架着十几支"马大盖"枪，一个伪军看着。可巧，这个伪军正是昨天去她家抢锅的。见到这么多枪，张大娘立刻想到，眼下游击队正缺枪，能弄到几支枪该多好。个高脚大的张大娘性格开朗，力气顶男人，是个胆大心细的人，她寻思了半天，想出了一个办法。

"我儿媳妇压箱底的 100 块现大洋昨天是不是让你给拿去了？"张大娘直奔那个昨天抢她锅的伪军，先是向他要锅，他不给，就转移话题。

"简直是诬赖！"正在烧火的伪军气急败坏地说，"我哪里见过什么现大洋！"

"你这老总真不讲理！"张大娘一面大声嚷嚷，一面对在槐树下放哨看枪的日军说："昨晚你俩到俺家，我看得准准的，他趁太君不注意，将我儿媳妇进门时的 100 块压箱的现大洋装进了衣袋。"

伪军听了拿起烧火棍就向张大娘打来。那个日军哨兵抢先两步将棍子挡住，又打了伪军一个耳光，说："现大洋的，快快地拿出来！"

"他拿了那么多现大洋，一点儿也不给太君，这是太君的规矩吗？"张大娘见"火"已点起，暗自高兴，便又进一步火上浇油。

日军果然凶相毕露，一脚将伪军踢倒，又用枪托狠捣了两下，边打边要他分现大洋。其他日伪军都围过来看热闹。张大娘见时机成熟，便到槐树下伸手抓了两只"马大盖"揣进大棉袄里。

"太君，这事您看着办吧，算是我对皇军的一点心意。"张大娘转头对日军说完，就不紧不慢地走了。

张大娘刚走了没多久，就响起了敌人集合的哨声，敌人急忙向大槐树下集合。他们发现少了两支枪后，便四处寻找。烧火的伪军和放哨的日军忽然醒悟，便发疯般去追张大娘。

张大娘转身向北拐入小胡同。此时从胡同南头东侧的夹道里闪出一个穿着打扮和她相似的妇女，两人打了个照面，那人示意张大娘躲起来，自己则沿胡同向北跑去，张大娘乘机逃脱。敌人追上来，一把抓住那人的衣领，一阵拳打脚踢，按在地上撕开衣服，并无枪的踪影，又见此人不是张大娘，只好将她放开。

原来那个妇女是邻居吉德婶子，因她 300 多斤重的肥猪被日军抢走了，她一早就起来，站在胡同南头的墙根观望猪的下落。张大娘的举动，她看得一清二楚。当敌人追赶张大娘时，她就决心帮助张大娘，不惜自己受连累。正当日军在张大娘家搜枪时，村外响起了八路军的枪声，敌人仓皇离去。

事后，张大娘将枪交给区公所，受到了区里的表扬。八路军山东纵队一旅三团知道了张大娘的事迹后，王吉文团长专程前往慰问，奖给她小麦 200 斤，并赠送给山阴村 12 支步枪。山阴村建立起游击小组，张大娘让大儿子参加了游击队。

支前模范盛清才

1942 年，鲁南抗战进入最艰苦的阶段。日军烧杀抢掠，无恶不作，老百姓苦不堪言。

兰陵县向城镇鄫城前村的盛清才对日军的暴行恨之入骨，她走街串巷，东奔西跑，宣传抗日救国的道理，唤醒民众积极投身到抗日活动中。在中国共产党的培养和教育下，盛清才很快成长起来，不久，她担任了鄫城前村民兵队队长。当上队长后，她带领民兵学习政治理论、苦练军事本领，训练中她不嫌苦、不怕累，常常是晴天一身汗、雨天一身泥。

一次，情报员送来可靠情报，日军要进村"扫荡"。盛清才带领民兵及时转移群众后，决定打一次伏击。他们在进村子的必经之路埋下了一批地雷，以树丛作为掩护，准备袭击日军。敌人进入埋伏圈后，被炸得人仰马翻，他们还没清醒过来，盛清才喊了一声："打！"手榴弹像下冰雹一样地砸向敌人，晕头转向的敌人扔下几具尸体，灰溜溜地逃走了。

1944 年，因表现突出，盛清才光荣地加入了中国共产党。1945 年10 月，大参军运动开始了。盛清才积极动员青年参军参战，为了带好头，她把自己年仅 15 岁的儿子送到了部队。在她的动员下，村里的青年踊跃报名参军，受到上级的表彰。

1946 年，佛山口战役打响，解放军的后方医院设在鄫城前村。盛清才挑起了抢救和护理伤员的重担，她带领民兵担架队，冒着敌人的

解放区妇女担架队往后方运送伤员

炮火，抢救伤员。有一次，80多名伤员住进医院，其中有18人受了重伤。盛清才组织护理小组，夜以继日地给伤员端汤喂饭、送药服药、包扎伤口、拆洗绷带和被褥。那时，医院医疗条件差，伤员们要忍受剧烈的疼痛，心情难免烦躁，她便用慈母之爱，轻声细语地安慰伤病员。她把准备给女儿坐月子用的小米、面粉、红糖和鸡蛋全部拿出来，送给重伤员。战士们得知盛清才将自己15岁的儿子送到部队后，对这位革命母亲肃然起敬，之后没有人因为心情烦躁而发脾气了。经过她们的精心护理，80多名伤员先后出院，重返前线。

为了支援前线，盛清才带领妇女昼夜不歇地推米磨面、做军鞋、缝军衣。鄪城前村的妇女先后碾米2万余斤、做布鞋780双、缝军袜500双、拆洗被褥3000余床、做棉军衣14000余件，有力地支援了前方将士作战。中共华东局授予盛清才"支前模范"的光荣称号，她的事迹多次在《鲁南时报》《大众日报》《解放日报》等报刊上登载。

1985年11月，85岁高龄的盛清才因病去世，县、镇、村里的干部群众自发为她送行，缅怀沂蒙红嫂光辉的一生。

102

智救小八路

1942 年初春，在淄川县茶业区龙堂村（现位于济南市）的栗子树沟内，村民傅玉德带着九岁的儿子傅洪银正在拾掇庄稼。突然，不远处传来两声枪响，傅玉德急忙把儿子藏到一棵老栗子树的树洞里。只见山坡上一个少年蹒跚着跑来，裤腿上染满了鲜血。少年跑到树旁，猛然发现了傅玉德父子，他愣了一下就要往山沟里跑，被傅玉德一把拉住："快藏进树洞，俺爷俩把他们引开。"

傅玉德父子走了没几步，觉得藏在树洞里不安全，急忙回头抱起少年向北山坡跑去，将他塞进了灌木遮蔽的石堰里。刚回到地里，清除完少年腿上流下的血迹，一个日军便带着四个汉奸追过来。

"见到小八路没有，不说死啦死啦的。"日军手里拿着枪，朝傅玉德比画着。

假装害怕的傅玉德说："刚才听见两声枪响，有个人往东山跑了。"日军半信半疑，跑到老栗子树跟前转了一圈，没发现什么疑点，就领着四个汉奸向东山追去。

等敌人走远，傅玉德急忙来到小八路跟前，发现小八路的右腿被子弹打穿了。傅玉德急忙脱下内衣，把它撕成两半，将小八路的伤口包扎起来。

经询问得知，小八路名叫王其舜，是莱北县（后为莱芜区）苗山区祝上坡村人。1940 年秋，13 岁的他参加了县青年抗日中队。这天中午，他执行任务时与同村的汉奸相遇，在躲避围捕中被敌人打伤了右腿。

"你在这里等着，俺回村了解一下情况，顺便给你找点吃的。"傅玉德说道。

父子俩刚进家门，四个汉奸就闯了进来："刚才还在山上，这么快就回家了，是不是把小八路藏在家里了？"

"借俺几个胆子也不敢，不信你们就搜。"傅玉德不慌不忙地打开每个房门让他们搜。汉奸搜了个底朝天也没见小八路，就悻悻地走了。

等敌人离开后，傅玉德提上妻子熬的一瓦罐米粥和两个窝窝头急忙赶到了栗子树沟。王其舜狼吞虎咽地吃饱饭后，傅玉德要背他回家养伤。

"不行啊，大叔，估计明天鬼子、汉奸还会来搜村，那样会连累你们的。"王其舜坚决留在栗子树沟，傅玉德只好回家给他拿来被子和毡帽。

第二天中午，日军果然带着汉奸又来村里搜查，傅玉德家里又被重新搜查了一遍。傅玉德暗暗庆幸没把小八路背回家里，否则后果不堪设想。敌人走后，他又悄悄地去给王其舜送饭。

五天过后，敌人没有再来，傅玉德趁着夜色把王其舜背回家。此时，王其舜的腿伤因没有及时救治，已经发炎。为了保密，傅玉德不敢请大夫医治，便上山采来一种草药煮水给王其舜清洗。这样持续了几日伤口仍不见好转，傅玉德便带上家里仅有的三块银圆，去章丘明水城请中医传人吴掌柜上门诊疗。

晚上10点多，吴掌柜跟随傅玉德进了门。看到王其舜的伤口，他吓了一跳："再不治疗这条腿就完了。"

吴掌柜取出手术刀，用酒精棉擦了擦，在王其舜的伤口四周划了几道，挤出紫黑的淤血，又挑开伤口周围充满淤血的肉，用手术刀将子弹头剜了出来。过程中没有用麻药，但王其舜咬着牙始终没吭一声。

手术完成后，傅玉德刚要解释，吴掌柜摆了摆手说："我们从医人只管治病救人，不问病人身世。"吴掌柜又开了点消炎止痛药，就连夜返回了章丘明水。

为了保证王其舜在家里安全养伤，傅玉德一家人在院子里悄悄地挖了一个地窖，若遇到日军"扫荡"，他们就把王其舜藏在地窖里。其间，敌人先后几次进村搜捕，王其舜一直没有暴露。在傅玉德一家人的精心照料下，王其舜的伤一天天好起来。

三个月后，王其舜基本痊愈。归队的前一天晚上，王其舜拜傅玉德夫妻为干爹干娘，与傅洪银结成兄弟。

为了确保王其舜归途安全，傅玉德亲自护送，几经周折，终于在茶业区阁老村找到了部队。

王其舜跟随部队先后参加了莱芜战役、鲁南战役、淮海战役、孟良崮战役等十余次战役战斗，先后五次受伤，多次立功。中华人民共和国成立后，他频繁调动工作，最后从鞍山市政协副主席的岗位上离休。

最小的烈士

在滨州市渤海革命老区纪念园里，有一块令人动容的英烈纪念碑，它静静地矗立在园中，用密密麻麻镌刻着的 55 308 位烈士的姓名、生卒年月和籍贯信息警示后人，缅怀革命先烈、传承红色基因。其中，有一则"1943 年，何坊乡刘氏婴儿"的名录尤其引人注目。这段短短的文字背后，隐藏着一个撼动人心的抗日故事。

1942 年的冬天十分寒冷，日军的铁蹄在滨州大地上肆意践踏，所到之处烧杀抢掠，无恶不作。渤海区何坊乡有一位叫刘玉梅的大娘上过几天私塾，思想比较进步，在地下党组织的培养下，积极参与抗日活动。她的家地处村头，前临河、后靠岭，是较为便利的地下党组织联络点。她白天给八路军送情报、当联络员，夜晚组织村里的妇女摊煎饼、纳布鞋、筹军粮。有时候，组织上把一些伤病员安置在她家后面的堰屋里，她和家人宁可吃糠咽菜，也要节省下粮食让伤病员吃。在她和家人的精心照顾下，伤病员全部伤愈归队。尽管当时的抗日形势非常紧张，随时都有生命危险，但一想起敌人的残酷暴行，刘玉梅就有无穷无尽的抗日力量。

一次，党组织委派她到 30 里外送一封密信。受领任务后，天上突然下起了大雨，还夹杂着比黄豆大的冰雹，一向倔强的刘玉梅心想："下雨天路上的卡哨就少，这正是送密信的好机会！"于是，她找到一块油布，把信仔细包好，缝进裤腰里，戴上斗笠就冲进了雨中。尽管路上遇到了两处卡哨，但都被刘玉梅以抓药为由机智地闯了过去，最终将密信及时安全地送达目的地。

刘玉梅的抗日行动让当地的汉奸有所觉察，但因为没有确凿证据，汉奸对她也无计可施。

1943年小暑节气刚过，刘玉梅的儿媳生了孩子。第二天，一对八路军夫妇找上门来，说是急着行军打仗，要把刚出生七天的孩子托付给刘玉梅一家。看到八路军夫妇为了打敌人，要把刚出生的孩子托付给她，刘玉梅毫不犹豫地答应下来。为了掩人耳目，刘王梅对外谎称儿媳妇生了双胞胎。

第三天，由于村里的汉奸告密，日军杀气腾腾地找上门来，逼迫刘玉梅交出八路军的孩子，并扬言不交出八路军的孩子，就把两个孩子都杀掉。一边是八路军的孩子，一边是自家的亲骨肉，面对凶狠的敌人，刘玉梅和家人的心好似刀剜一样地疼痛。

"八路军天天在前线打仗，随时都有丢掉生命的危险，一旦孩子没了，可能就永远没了后代。咱家的孩子没了，还能再生。八路军这样信任咱，把孩子托付给咱，咱得对得起人家！"刘玉梅和家人强忍悲痛，咬着牙给敌人抱出了出生才三天的亲骨肉。就在刘玉梅家的院子里，穷凶极恶的敌人将刘氏婴儿残忍地杀害了。

为了保护八路军的孩子，刘玉梅一直没有对外说出真相，村里的人以为被日军残害的是八路军的孩子，都对刘玉梅一家报以白眼、轻视，甚至是谩骂。刘玉梅一家只有忍辱负重，直到抗战胜利，他们才向党组织和乡亲们说出了事情的真相。

中华人民共和国成立后，出生三天就殉国的刘氏婴儿被安葬进烈士陵园，成为共和国最小的烈士，他比《红岩》中"小萝卜头"的原型宋振中遇害时还小了八岁多。

"横山母亲" 崔立芬

崔立芬是莒县小店镇前横山村人，当年被八路军称为"横山母亲"。

1943 年，崔立芬的大女儿媛媛出生。一天黄昏，担任村妇救会会长的婆婆杜怀兰带着一对年轻夫妻，悄悄地来到崔立芬家。女的抱着个孩子，那孩子脸色很黄，就穿了一个小褂，身上还有虱子。崔立芬的婆婆小声地对她说："这位是县妇委会王涛书记，这孩子是王书记的，刚满月，王书记要忙工作，想找个有奶水的女人带孩子，你不正奶着孩子吗？就交给你了。"王涛走的时候，依依不舍，泪水涟涟。孩子是娘身上掉下来的一块肉，她能不心疼？晚上，崔立芬的婆婆悄悄地对她说："这是共产党、八路军的孩子，你要好好养着，不能有丝毫的闪失。"

前横山村坡陡地薄，崔立芬家就那么点薄地，一年打不了多少粮食。怎么办？再穷也不能饿着孩子。为了让崔立芬的奶水多一些，崔立芬一家老小就吃那些用糠、树皮、地瓜碾的混合面，而崔立芬吃得稍微细一点。八路军的孩子名叫孟林。由于生活艰苦，崔立芬的奶水支撑不了两个孩子，大公无私的崔立芬经常是先喂饱小孟林，再喂亲生闺女媛媛。

孟林刚送来时脸色暗黄，瘦弱多病，而媛媛面带红润，活泼健壮。两三个月后，孟林的身体慢慢强壮起来，脸色也好看多了，可媛媛却因营养不良日渐消瘦。孟林吃奶时，媛媛就在一边饿得嗷嗷大哭。她哭一声，崔立芬的心就揪一下。等轮到媛媛吃了，奶水就一点也没有了，孩子拼命地吸，就是吸不到，吸一口，哭一声，崔立芬的眼泪流个不停。

一天早上，崔立芬喂了孟林后，再去抱床上的媛媛，发现她不哭也不喊了。崔立芬紧张极了，一把就把媛媛抱到怀里，可小媛媛不张口了。崔立芬急了，就把奶头往媛媛的口里塞，可怎么塞媛媛都不会张口了。崔立芬哇的一声哭了，婆婆和丈夫闻声赶来，一看孩子已经不行了。媛媛没了，对崔立芬的打击很大，她经常梦见媛媛站在她的面前哭，哭着要奶喝，崔立芬就高兴地把媛媛搂到怀里，说："娘有奶了，娘有奶了，快吃吧，快吃吧！"醒来后，她泪流满面。

痛失爱女的崔立芬把全部的爱倾注到小孟林的身上。眼看孩子一天天地长大，光吃奶已经不行了，得吃米面，可崔立芬家没有呀。崔立芬的娘家条件稍好些，于是她就跑到娘家要点米面来喂孩子。崔立芬回娘家要翻过二十几里的山路，山高路陡的，她又裹了脚，走一趟要一整天。崔立芬怀里抱着孩子，后边背着米面，颠着一双裹了的小脚，来回一趟腰酸背疼不说，小脚也磨出血泡来。

晚上崔立芬搂着孟林睡觉，小褥子很薄，孟林三天两头就尿湿了。家里只有一床小褥子，没有替换的，她怕孩子着凉，就把孟林挪到干的地方睡，湿的地方用块破布盖着，她自己睡在上面。

日军来"扫荡"是常有的事。一天深夜，崔立芬的丈夫蒋瑞余突然使劲把她摇醒，大声说："外面有人在喊'鬼子来了'，快向东山跑！"蒋瑞余背起瓜干煎饼，崔立芬把孟林揣在怀里，迈开小脚，就向外跑。由于天黑看不清地面，一路上树木又多，他们磕磕绊绊的。山上野狼的嚎叫声一阵一阵的，吓得人毛骨悚然。

孟林一天天地长大了，有人对崔立芬说，你光养着人家的孩子，自己怎么不再生一个呢？崔立芬也想，自己怎么就不生一个呢！崔立芬的婆婆杜怀兰大公无私，她说："立芬，这几年你就别想着要孩子了，这年月，既没吃的，也没穿的，生了不一定养得活呀，再说咱们先紧着照顾八路军的孩子吧。等把鬼子赶出咱中国后，孟林回到他父母身边了，咱再生也不迟。"后来，直到孟林离开崔立芬家一年后，崔立芬才有了自己的大儿子。

1947 年中秋节，孟林的大爷申作武来了，牵着头小毛驴。崔立芬知道他是来接孩子的，泪水就止不住了，话也不会说了。孟林说："娘，你又哭什么？"崔立芬说："儿啊，你不是娘的亲儿，你是共产党的儿，是八路军的儿。这是你大爷，他要接你回家了。"孟林扯着她的衣角说："俺是娘的儿，俺哪儿也不去，俺就跟着娘。"

孟林是崔立芬一口奶一口奶地喂养大的，她着实舍不得啊！她连夜为孟林做了件新衣裳，烙上了孟林最爱吃的小米煎饼，把家里仅有的两个鸡蛋也煮上了。第二天一早，孟林的大爷就想带着孟林回家，可孟林紧紧地抱着崔立芬的大腿，拽都拽不开。任凭怎么劝，孟林就是不走。最后没法子了，崔立芬只得跟着。孟林的大爷牵着毛驴，崔立芬抱着孟林骑在上面。毛驴走了多久，崔立芬就哭了多久，孟林也哭了多久。走了两天一夜的山路，崔立芬才把孟林送到了日照的响水河村。到了地方，孟林怕崔立芬走，一步也不离开。崔立芬陪着孟林在响水河住了好几天，好让孩子熟悉熟悉环境，适应适应新生活。几天后，崔立芬觉得这样不是办法。一天早上，她看到孩子还在睡梦中，就一狠心，偷偷地离开了孟林。回家的路上，崔立芬的脸上满是泪花。

"革命妈妈" 郭景林

1895 年，郭景林出生在利津县明集乡明集村的一个贫农家庭，她17 岁时嫁给北张村短工崔同元，生有二男一女，29 岁丧夫。她曾流落到无棣、阳信、惠民一带靠乞讨维持生活，深受苦难。

1943 年春的一天，郭景林的长子崔光东背了二斗高粱回到家中，郭景林见物生疑，当即严厉斥责："儿啊，咱人穷志不穷，不能做见不得人的事！"崔光东回答："娘，吃吧，这是共产党八路军救济的。"郭景林听后才知道儿子光东同八路军有了联系。此后，娘儿俩在地下党组织的培养教育下，接受进步思想，懂得了革命道理。

1943 年，郭景林经利西区委书记崔辉武和张林的介绍，加入了中国共产党，成为共产党的地下交通员。郭景林在担任地下交通员期间，经常冒着危险往返于东堤、明家集、郑家、马镇广、望参门等村的地下党组织间传递情报信息；经常以走亲戚为掩护出入据点打探敌情。她家成了中共沾利滨工委和利西区委领导成员活动的场所与联络点。

在艰苦的抗日战争中，郭景林冒着生命危险掩护过许多革命同志和部队干部家属。1943 年开始，利西区妇救会主任张林在利津县北部开展党的地下工作，为了掩护她，郭景林对外假称张林是她前些年在惠民县讨饭时认下的"干女儿"，还帮助张林换上自己儿媳的衣服，把她装扮得像当地的农家妇女，掩护她到各村开展抗日工作。张林曾多次与日伪军相遇，处境险恶，但都在机智勇敢的郭景林的巧妙掩护下化险为夷。

郭景林有两个儿子。大儿子崔光东入党后进步很快，在无棣县担任区委书记。1947年，崔光东在土改工作中被反革命分子残忍杀害，年仅27岁。不久，郭景林的次子崔光亭也被反革命分子杀害。当烈士的遗体被运回北张村时，郭景林忍着极度的悲痛对大家说："光东、光亭为革命牺牲，死的光荣！"

1943年11月18日至12月8日，日军对清河区抗日根据地进行了空前残酷的"21天大扫荡"。12月6日，日军骑兵第四旅团一部1000余人在三架飞机的掩护下，"扫荡"至利津县西北地区。八路军清河军区垦区军分区独立团二营六连战士在北张村与敌人遭遇，八路军同仇敌忾，和敌人展开了殊死搏斗，毙伤敌军百余人、战马百余匹，并击毙一个日军旅长。因敌众我寡，八路军72名战士英勇牺牲，为国捐躯。

北张战斗刚一结束，郭景林就联同数十名群众在横七竖八的尸体中搜寻着还没有牺牲的战士。他们先后发现了七名生命垂危的伤员，然后冒着生命危险将伤员一个个背回家。对大小便不能自理的伤员，他们端屎接尿；对饮食困难的伤员，他们做好稀粥用芦苇管嘴对嘴地喂饭，像对待自己的儿女一样无微不至地悉心照料。几天后，中共沾利滨工委书记王墨林带领民夫用郭景林家的门板接走了伤员，王墨林代表组织要给郭景林250元报酬，她说："烈士为革命献出了生命，我是共产党员，应该这样做！"最后她分文未取。

吕剧《热土》就是以21天"大扫荡"为历史背景，以郭景林掩护八路军女同志张林为原型创作而成。《热土》播出以后，在社会上得到了广泛好评。

扈大娘计赚酒肉兵

1943 年农历十月初四，适逢东营当地渔民最忌讳的"十月五逢九月九，神仙不敢江边走"的节令，一艘双桅船——"大炕头"满载一批"货"从天津驶进神仙沟。"大炕头"这一次夹带了 100 箱枪支、药品，准备运往清河抗日根据地。船就停泊在扈家酒馆附近，伺机卸"货"。

在这里检查进出船只的日本小头目名叫山本纠田。此人五短身材，尚武功、善拼杀，嗜酒如命，是一个吃顺不吃戗的家伙，人们叫他"日本酒坛"。日伪谍报组组长刘俊峰是个心狠手辣、诡计多端的铁杆汉奸，他在神仙沟横行霸道、敲诈勒索，是一个雁过拔毛的坏家伙。"大炕头"一进河门就被他盯上了，他派来的十几个谍报员像十几只警犬绕着"大炕头"团团乱转，准备采取行动。

此时的扈大娘心急如焚。扈大娘是义和庄人，原名赵福，幼年家贫，与扈延田结婚后，夫妻二人到神仙沟入海处垦荒，并择一高地开起扈家酒馆。扈大娘为人豪爽，做事干脆利索，在中国共产党的政策引导下，扈大娘把自家的小酒馆当作八路军的秘密交通联络站。

扈大娘思来想去，暗下决心，拼了命也要把这船"货"送到根据地。她派人找来船老大韩老六密商，决定计赚酒肉兵，将"货"潜送到根据地。

第二天上午日上三竿时分，扈家酒馆的客厅里一字儿摆开三张八仙桌，小灶上煎炒熘烹炸，大师傅忙得满头大汗。桌子上一碗碗、一盘盘摆得满满的。韩老六等十几个船工吆五喝六，大碗豪饮。扈大娘室内室外张罗应酬，稳坐钓鱼台，单等鱼儿来上钩。

接到谍报员的报告，刘俊峰感到事有蹊跷。按说这时令，渔民原本有忌讳，难得悠闲，凑在一起喝两盅实属常情，可"大炕头"上的韩老六是可疑人物，尤其是那个扈老太婆，不卑不亢，八面玲珑，黑白两道通吃，官匪两家通好，真叫人估不透她葫芦里到底装的什么"药"！不能大意失荆州，不如叫上山本纠田一块去，见机行事，有功，让他一份；有过，拉个替身。

山本纠田听说要去扈家酒馆，犹如苍蝇见了血、大烟鬼见了鸦片，他咧开大嘴："开路，开路！扈的酒的米西！"鱼儿终于上了钩。刘俊峰和山本纠田一行人刚进大院，扈大娘便满面春风地迎出门来："呦，什么风把太君和刘长官吹来啦？老六啊，你们看谁来了。"

韩老六等闻声走出屋，躬身相迎。上桌后，韩老六赶忙斟满酒，双手端给山本和刘俊峰，自己也端起一碗："俺敬二位一杯。"一仰脖，一气喝干。山本纠田早就沉不住气了，随之一饮而尽。刘俊峰手捧酒碗傻了眼。他知道自己酒量不行，喝多了可能要误事；不喝吧，怎能套出真情，达到目的？他暗想，反正外面安排了三个活动哨，一有动静，他们就会照计行事。于是，众人开始大喝起来。一会儿工夫，山本纠田和刘俊峰就喝得晕晕乎乎了。绕着"大炕头"转的那三个流动哨早就被韩老六请到东厢房，灌得四仰八叉了。

"时辰已到。"扈大娘发出了信号——对面"大炕头"的那盏风灯点着了。季队长早已把十几辆马车靠拢船边，几十名武工队员和车把式早憋足了劲，工夫不大，上百箱"货"已被装上了马车。鞭儿一扬，马蹄生风，犹如鱼归大海鸟入林，很快湮没在无边无际的芦苇荡中了。

孟氏母子救八路

1943 年秋，日军调集万余人，在飞机、坦克的配合下，对位于鲁西南的湖西抗日根据地进行"铁壁合围大扫荡"，湖西大地炮火连天，硝烟弥漫。丧心病狂的日军对没有来得及撤退的老百姓进行了大肆屠杀，湖西平原到处生灵涂炭、断壁残垣。这劫后的惨景被年仅 17 岁的孟宪文看在眼里、恨在心头。

孟宪文家住单县杨楼村，他的父亲几年前就参加了单县抗日大队，家里只剩下他们母子二人。一天，孟宪文趁天黑前到地里割青草，为了躲避敌人的"扫荡"，他家的小羊已经好几天没有吃到青草了。

他来到村西的一片高粱地里。战乱年代，地的主人无暇侍弄庄稼，

湖西武工队埋地雷

高粱东倒西歪，地里杂草丛生。孟宪文一边飞快地割着青草，一边叹息着被敌人破坏的年景。突然，从高粱地深处传来一阵轻微的呻吟声。

"是谁？什么人？"他一边问着，一边轻轻地分开高粱秆循着呻吟声走去，发现在高粱地里躺着两个血肉模糊的八路军战士。两个八路军战士见有人来，警觉地睁开眼睛，搂紧了压在身下的枪。

孟宪文亲切地问道："同志，你们是哪个部队的？"个头小点儿的战士看到站在他们面前的是一个朴实的小伙子，就如实回答说："十团的，在掩护主力部队突围时负伤，在这里已经两天两夜了。"

看着两个八路军伤员已经两天两夜滴水未进，孟宪文的心里说不出的难受。他二话没说，乘着夜色将两个八路军伤员先后背到了自己家里。

孟妈妈了解情况后，没有责怪孟宪文。母子二人急忙将两个伤员安置好，孟妈妈先烧了小米汤喂给两个伤员，又用盐水给他们擦洗伤口，孟宪文则到处求药，医治伤员。半个多月的时间里，在孟家母子的精心护理下，两名战士的伤势逐渐好转。

一天，其中一名战士李大义对孟妈妈说："大娘，我们的伤已经好了许多，可以慢慢地活动了，得赶紧归队，不能再给您添麻烦了。"孟妈妈对战士说："不用着急，先养好伤再说！"谁料说话间，村外传来枪声，村里的群众潮涌般拖儿带女东奔西藏，日伪军又一次对杨楼村进行"扫荡"了。

情况危急，伤员还不能走路，怎么办？渐渐逼近的枪炮声撕人心肺，孟宪文和母亲急得团团转。两个八路军战士见此情景，忙说："大娘，您和宪文快走，不要管我们，要是敌人来了，我们就跟他们拼了。"两个伤员握紧了手中的枪。

"不行！孩子，你们这样只能白白送命。"孟妈妈一把拉住伤员。

她急切地命令儿子："宪文，快去找你村长大叔来。"

孟宪文找到正在指挥群众转移的村长，了解了情况后，村长二话没说，立即安排四个年轻人背起伤员，同孟家母子一起向村外转移。

四个年轻人负责转移伤员，孟妈妈负责护理照顾伤员，孟宪文则负责找吃的和水。连续三天，他们从东转移到西，从西转移到东，从高粱地躲进抗日沟，同敌人捉迷藏、打游击，冒着生命危险保护伤员，躲过了敌人的"扫荡"。

敌人走后，他们回到被敌人糟蹋得不成样子的村里。孟妈妈的两间茅草屋被烧了一大半，仅剩的一只小羊也被敌人宰着吃了。两个伤员见状，难过地流下了眼泪，哽咽着说："大娘，我们俩把您老人家连累了，房子被烧了，以后该怎么住呢？"

"孩子，不要难过，房子烧了我们还可以再盖，保住了你们就是保住了胜利，只有咱八路军才能打鬼子。"孟妈妈安慰伤员说。

不久，经村长同区里联系，伤员被安全转移到部队医院继续接受治疗。后来，两个八路军战士又出现在抗日战场上，孟妈妈时常收到两个战士立功的喜报。

秦兴体血洒"红三村"

1943 年秋天，万余名日伪军对鲁西南地区进行"扫荡"，曹县"红三村"是重点。

"红三村"位于曹县西北 30 千米处，由相距两三里、呈鼎足之势的曹楼、伊庄、刘岗三个村庄组成，这里是鲁西南革命斗争的发源地，也是鲁西南抗日根据地的中心。

由于日军突然"扫荡"，第五军分区供给部保管股股长秦兴体按照上级要求，刚将边区货币、缝纫机、棉花和布匹等物资就地妥当掩埋，敌人就已将刘岗村团团围住，秦兴体无法转移，换上农民衣服留了下来。

日军很快攻占了刘岗村，秦兴体与 1000 多名村民一起被赶到村外的寨海子（村民为了防盗、防偷、防日军，在村围子外挖的水塘）里。此时，日伪军在寨海子四周架起机枪，寨海子变成了一个大水牢。

日军翻译官喊道："今天你们只要说出谁是共产党，谁是八路军，八路军的军用物资藏在哪里，皇军就会放了你们。不合作，统统拉出去枪毙！"

1000 多名村民静默无声。日军从水中拉出两个青年人，逼问："谁是八路军？"

两人齐声回答："不知道！"

日军指挥官一努嘴，士兵立即开枪打死了他们。随后，日军又把一个青年拉出来吊在树上，挥舞着棍子猛打，一边打一边问："谁是共产党？谁是八路军？"

"不知道！"这位青年被活活打死。

日军翻译官指着三个青年人的尸体和鲜血，对村民说："要是不说，你们统统是这个下场！"

村民刘效民和父亲紧紧地拉住秦兴体的手。目睹日军的暴行，秦兴体几次想冲出去和敌人拼命，都被刘效民父子和群众拉住。村民们泡在水中，坚守着一个信念：一定要保护八路军的安全。

更加残酷的审讯开始了。敌人抬来一张刑床，从水坑里拉出一名村民捆在刑床上，严刑拷打。但不管怎么审讯，受刑的村民都一口咬定"不知道"。

"统统的死了的！"日军指挥官多喜成一恼羞成怒，挥舞着指挥刀向机枪手大声叫嚷。

眼看着一个个村民被活埋、被活活刺死，还有的被捆在树上开膛破肚，秦兴体心如刀绞，他再也忍不住了，不顾一切地挣脱村民的手，突然在水牢中高喊："我是共产党！我是八路军！"

秦兴体挤出村民的保护圈，大义凛然地站到多喜成一面前。

"你们八路军的军用物资放在什么地方？说出来大大的奖赏！"

"你先把人都放了！"秦兴体坚定地说。

日军指挥官命令士兵把村民从寨海子里赶出来，然后又凑到秦兴体身边："八路军的军用物资到底藏在哪里？"

秦兴体拍拍胸脯："它全藏在这里，你们永远找不到！"

多喜成一"嗖"地把指挥刀架在秦兴体的脖子上，秦兴体泰然自若。日军指挥官吼叫了一声，翻译官立刻带领几个汉奸把秦兴体绑在刑床上，用皮鞭猛抽，并向他的身上滴洒浓硫酸，秦兴体的身上顿时烧起了许多血泡，他疼得昏死过去。

日军往秦兴体头上泼了一盆冷水，待秦兴体苏醒过来以后，多喜成一又问道："你说不说？"

秦兴体沉思了一会儿："我说。"

翻译官喜出望外，立即让人把秦兴体放下来。秦兴体满脸血水，他转过身来，大声说道："乡亲们，抬起头来，不要伤心难过，中国人民是有骨气的！抗战一定会取得胜利！我们的大部队马上就要回来，他们会给死难的群众报仇！血债终要血来偿！我们要坚持到底，和日寇、汉奸斗争到底……"

多喜成一被气得哆嗦着手，指着秦兴体大喊："快！快！卡住他的喉咙！"

几个日本兵扑上来把秦兴体拖到墙根，用长钉把他钉在木板上，秦兴体大骂不止。为了堵住秦兴体的嘴，敌人用匕首从他身上割下肉来，准备塞进他的嘴里。

秦兴体大声喊道："狗日的小鬼子，肉，你拿去吧，骨头是我的！"

敌人把门板倒过来，下面生上火，对秦兴体用上了中国历史上残忍的酷刑——凌迟……村民忍无可忍，纷纷冲上去和敌人拼命。敌人的机枪开火了，100多名村民倒在血泊中。

最后，敌人什么信息也没有得到，恼羞成怒，烧毁了全村房屋。

这天正好是中国的传统节日重阳节，刘岗村的百姓没有一家生火做饭。他们用门板制了一副棺木，把烈士掩埋在刘岗村边上，秦兴体永远成了刘岗人。

为了八路军的后代

在莒南县筵宾镇前新庄村，有一位英雄母亲名叫尹德美。她积极投身革命事业，不怕吃苦、不怕牺牲，17 岁时就加入中国共产党。在担任村妇救会会长时，她动员妇女纺麻线、做军鞋、烙煎饼，不计日夜地支援前线。

1943 年是尹德美难忘的一年。这一年，正值日军大规模"扫荡"。在艰苦的岁月里，尹德美的第一个孩子出生只有七天就不幸夭折了。正当她悲痛之时，本村孙大娘怀抱一个出生不到半个月的婴儿来到她家。

孙大娘告诉她："这是山东军区司令部通信大队大队长黄志才和部队电台台长刘凯夫妇刚出生的儿子，夫妻俩行军转战不便，想托人抚养。考虑到你还有奶水，又是党员，组织上放心，就决定把抚养这个孩子的任务交给你。"

看着孩子红扑扑的脸蛋，确实招人喜欢。但一想到兵荒马乱、缺衣少食的艰苦条件，尹德美还是犯了愁。

"你有什么困难吗？"孙大娘看着正犹豫的尹德美问道。

"家里本来就生活困难，我怕孩子来咱家，万一出现个三长两短，辜负了组织和刘凯夫妇的期望。"尹德美道出了实情。

"都是为了革命、为了建立新中国，有困难咱们大家伙一起想办法。你先收下孩子吧，别耽误了八路军行军打仗。"孙大娘说完这话，便把怀中的孩子交给尹德美，尹德美毅然接受了抚养八路军后代的任务。

孩子名叫迎胜。接过小迎胜后，尹德美把自己孩子刚刚夭折的悲痛埋在心底，用乳汁哺育着小迎胜，精心照料。

尹德美一家生活贫寒，平日里只吃穄子煎饼，喝高粱糊糊，粮食不够就吃地瓜秧、豆腐渣，这使得尹德美奶水不足。为了不让孩子受屈，她把家里仅有的一点小米和白面留给迎胜。鸡下了蛋，一家人舍不得吃，全留给迎胜吃。

迎胜长到八个月时，因为生疹子，高烧不退、呼吸困难，病情十分严重。当时村里找不到医生，尹德美急得团团转。当她听说山东军区医院转移到了大店时，便抱着孩子步行 20 多里路去治疗。

"这孩子没救了，快扔了吧。"很多人看着奄奄一息的小迎胜，摇着头劝尹德美。

尹德美却死不撒手，哭着说："这是八路军的孩子，是革命的后代，就像俺的亲骨肉。孩子只要还有一口气，俺就想办法把他救过来！"

军区医院的医生给孩子诊断后，开了一些药。尹德美一直把小迎胜抱在怀里，昼夜守护着他，生怕他有个闪失。40 天后，孩子病好了，而尹德美却因操劳过度得了一场大病，一躺就是半个月。

抗战胜利后，国民党军又来进犯。尹德美的丈夫响应号召，推着小车去支前，家中只剩尹德美和孩子。为

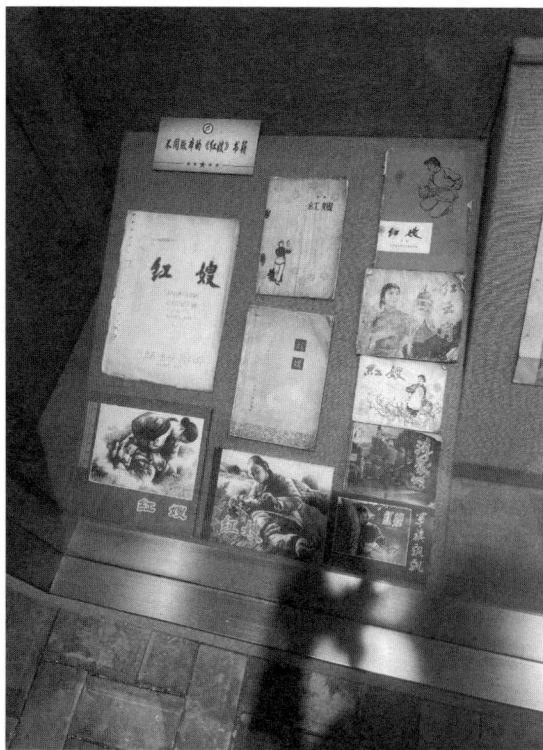
不同版本的《红嫂》书籍

了躲避敌人的追捕，他们成天钻山沟、住山洞。一次敌人来"清剿"，她拖着怀孕七个月的身子，带着迎胜跑上了山。一连三天，他们藏在山洞里，饿了吃野菜、酸枣，渴了喝山窝的泉水，直到躲过敌人的"清剿"。在尹德美的呵护下，小迎胜在艰苦的岁月里一天天成长起来。

1949 年 7 月，刘凯夫妇从北京来沂蒙山看望尹德美。尹德美纵有一万个不舍得，还是把含辛茹苦抚养了六年的迎胜交给了他的亲生父母。由此，两个革命家庭也建立起了鱼水般的情谊。迎胜没有忘记老区人民的养育之恩，他大学毕业后挣的第一个月的工资全部寄给了尹德美，并经常到沂蒙山区看望尹德美。1970 年，迎胜和自幼青梅竹马的尹德美的女儿结了婚，还把尹德美夫妇接到北京安度晚年。

1983 年，尹德美被授予"山东红嫂""三八红旗手"的光荣称号。2015 年 9 月 3 日，她受邀参加了纪念中国人民抗日战争暨世界反法西斯战争胜利 70 周年阅兵盛典。

"双山母亲"李传美

1944 年 9 月，鲁南地区双山（旧县名，1946 年改称麓水县，1950 年撤销）县委书记穆林的妻子张恺在双山县杨岗村生下了一个女孩，取名为穆岗。抗战时期，穆林和张恺因工作繁忙，都需要返回工作岗位，便商定将女儿寄养在老乡家中。

村妇女干部李杨氏经过多方打听，得知枣庄山亭徐庄镇土山村财粮干部孙成海家刚添了一个女儿，媳妇李传美正在哺乳期。于是，李杨氏就找孙成海商量寄养穆岗这件事，孙成海夫妻俩一口答应下来。当时穆岗被抱来时才出生 18 天。

自从穆岗来到孙家，已是四个孩子母亲的李传美特别疼爱她。当时生活条件差，营养跟不上，李传美的奶水不够，常常是小女儿吃了奶，穆岗就饿得哇哇哭；而穆岗吃饱了奶，小女儿又饿得哇哇哭。善良贤惠的李传美看着两个孩子饿哭的样子，自己也跟着掉眼泪。

"这样下去不行，咱女儿已经四个月了，干脆给她断奶吧！"李传美和丈夫商量。为了能让穆岗吃饱，在万般无奈的情况下，李传美狠心给自己的小女儿断了奶。

奶水供穆岗一个孩子，算是勉强够吃的了。慢慢地，穆岗的小脸变得红扑扑的，体重也开始增加。而李传美的小女儿断奶后，只能喝点小米粥或玉米糊糊，由于营养跟不上，几个月后，小女儿不幸夭折。

此后，李传美更加疼爱这几个孩子。冬天，她宁肯和丈夫受冻，也要给孩子们穿暖。特别是对待穆岗，比对待自己的亲生儿女还要亲，他们宁可自己饿着，也要把吃的留给她。有一次，穆岗生病发高烧，不能进食，李传美急得团团转。突然，她把目光锁定在家中唯一的一只老母鸡身上。看了一会在院中悠闲散步的老母鸡，她犹豫了，不能杀老母鸡，还得靠这只鸡下蛋给小穆岗补充营养。这两年，家中的鸡蛋谁都不能吃，全都留给了穆岗。

"咳咳……咳咳……"小穆岗的每一声咳嗽，就像在剜李传美的心。顾不得那么多了，李传美跑到院子里，一把捉住老母鸡，三下五除二把鸡收拾干净，然后放在铁锅里，熬出浓浓的鸡汤，一勺一勺地喂给穆岗。营养跟上后，小穆岗的体质逐渐好了起来，抵抗力也变强了，高烧慢慢地退下去。

就这样，穆岗在孙家一直被寄养到抗战胜利。有一天，穆林、张恺夫妇来接孩子，小穆岗的几个哥哥姐姐都哭着不让妹妹走，李传美更不舍得让这个"女儿"离开，小穆岗抱着李传美的腿哇哇大哭，久久不肯松手。

直到这时，穆林、张恺夫妇才知道，李传美养育的孙家这三个孩子都是孙成海的前妻所生。孙成海的前妻因病去世，撇下三个孩子，李传美一过门就承担起抚养三个孩子的重任，后来为了抚养小穆岗，她唯一的亲生女儿却不幸夭折。李传美把悲痛藏在心底，含辛茹苦地抚养四个孩子，给他们以博大的母爱、最大的快乐。

1961年的秋天，17岁的穆岗利用放假的机会来到土山村看望养母李传美，陪"母亲"度过了40多天。

"娘，我又来看您老人家了！"2015年5月12日，已有70多岁高龄的穆岗带领弟弟妹妹们再次来到李传美的墓前，她手捧鲜花，眼含热泪地告诉大家："我们姐弟五人中，有三人曾寄养在当地老百姓家中，是吃着山东母亲的奶水长大的。我们出生在这片红色的土地上，深深地眷恋这里的乡亲，我们爱这里的一山一水，更爱这里的人民！"

许婚动员参军

抗日战争时期，莒南县是闻名全国的抗日根据地，中国共产党领导下的山东军区在这里诞生，这里至今还流传着梁怀玉与带头报名参军的青年刘玉明联姻的佳话。

梁怀玉是莒南县洙边村有名的好姑娘，她不仅人长得漂亮，而且思想进步、工作积极。18 岁时，她因表现突出当上了识字班队长。

1944 年初，县里下达了大动员参军的任务，县政府希望洙边村有更多的人参军。但由于连年动员参军，符合条件的青壮年基本都已经上前线了，而且不断有战斗中牺牲的烈士通知传回村中，这对动员参军有很大影响。村干部思来想去，觉得姑娘们心细，动员参军有优势，就要求识字班带头挨家挨户动员。作为识字班队长，梁怀玉的父亲年迈，弟弟幼小，又没有其他亲人，自己无法起带头作用，单纯依靠"口头保证"帮扶困难、代耕代种等方式实难奏效。她考虑再三，最后决定：为了抗日，贡献自己的爱情和婚姻。

在动员参军大会上，村干部做完动员讲话后，梁怀玉第一个走到台上，勇敢地喊出："谁第一个报名当八路军，俺就嫁给谁！"话语不多，掷地有声，会场响起热烈的掌声。在她的带动下，识字班另外三名女青年也在会上表了态。村里有个叫刘玉明的青年，年龄大梁怀玉许多，平日里靠在村里炸油条为生，他听了梁怀玉的话，第一个报了名。在他的带动下，全村先后有 12 个青年报了名。

刘玉明不仅个子矮小，家中还十分贫困，父亲双目失明，母亲患

梁怀玉、刘玉明夫妻合影

有气管炎、痨病，常年不能起床，还有一个 15 岁的妹妹。梁怀玉的父亲说啥也不愿让她嫁到刘家。说出去的话，泼出去的水。但真的要嫁给刘玉明，梁怀玉也做了激烈的思想斗争。思前想后，她觉得共产党是咱的救命恩人，为了党的工作，个人怎么都行。她做通父亲的工作，决心嫁给刘玉明。正月十五这天，梁怀玉亲手给刘玉明戴上大红花，和姑娘们一起扭着秧歌，唱着送郎参军的小调，一直把 12 名新战士送到驻地。为了让刘玉明能在部队安心打仗，她便和刘玉明在区中队集训期间完了婚。结婚 12 天，刘玉明就随部队上了前线。

过门后，刘家的担子落到了梁怀玉的肩上。后来，国民党军队到处抓共产党军属和干部，一家人不能在村里住，她就和小姑子一起领着公公、扶着婆婆，东躲西藏。敌人闯进她家，抓不到人，就在她家的屋墙上写："梁怀玉，把当共军的丈夫叫回来！"以此威吓她。敌人的威吓，她并不害怕。除了干好家务活，她还坚持参加革命活动，各项工作她都跑在前。

给参军青年送行敬酒

1947年，国民党反动派重点进攻山东时，形势非常紧张，梁怀玉带领20多个识字班队员秘密挖地窖、藏军粮，受到领导的表扬。她的事迹还被当时的《滨海日报》报道。

一天夜里，村里接到上级命令，要她们紧急出动人力到王庄去抢运粮食。王庄离驻扎在板泉的国民党新编八十三师的一个营很近，任务非常危险。梁怀玉毫不犹豫地带领100多名识字班队员和民兵连一起抢运粮食，趁着夜幕从敌人的眼皮底下疾行上百里路，在天明前把粮食及时地交给了部队。在梁怀玉的支持下，刘玉明多次立功受奖，还成为坦克部队的连长。1955年，刘玉明转业到临朐县公安部门工作，直到1980年离休回乡。

1992年3月，梁怀玉被山东省妇联、省民政厅、省军区政治部评为"山东红嫂"，并被授予省"三八红旗手"的荣誉称号。

永远的新娘

1945 年 4 月，蒙阴县蒙阴镇李家保德村的李凤兰与蒙阴县城东关村的王德玉定下了终身大事。第二年，双方父母为他们选了一个良辰吉日，定在农历十月十九结婚。

可在 7 月的一天，王德玉却参加八路军打敌人去了，这下可急坏了李凤兰的父母。小伙子一走，这婚还结不结？再说，出去当兵，子弹不长眼，万一有个三长两短，闺女以后咋办？思前想后，李凤兰的父母决定毁约退婚。从来都是以父母为大的李凤兰，第一次向父母说出了自己的想法："忠孝不能两全，婚约不能毁，到了日子俺就嫁过去！"

婚礼如期举行。按当地风俗，本家嫂子头戴礼帽，怀抱公鸡，和新娘成亲。在拜堂的时候，李凤兰看着那只大公鸡，心里七上八下不是滋味。鞭炮每每炸响，她都觉得那是自己的男人在战场上向敌人射击的枪声。

结婚的第二天，婆婆拿来了一张纸，白纸黑字，她一个也不认识。婆婆说，这是分家的立单，分家所得的财产，不是什么金银珠宝，而是整整五亩土地。

没过多久，李凤兰就听说解放军要来，村里要求妇女做军鞋。除了干地里的活，做军鞋几乎成了李凤兰生活的全部内容。每天做完上交的任务后，不管到多晚，李凤兰总要在准备送给丈夫的鞋上缝几针。

李凤兰缝制这双鞋格外倾注情感。那时，鞋帮全是黑布料，没有办法更改。鞋里子的选料，李凤兰费了不少心思。李凤兰觉得，这是她给丈夫做的第一双鞋，应该喜庆一些，红色最喜庆。于是，她把结婚时母亲送给她的红头巾剪成了鞋里子。

1947年1月25日，李凤兰的丈夫随部队行军恰巧路过村子，不巧李凤兰回了娘家，婆婆马上派人去叫。为了看看从未见过面的丈夫，李凤兰颠着小脚，使出了全身的力气，在山里飞跑。一路上，李凤兰摔倒了好几次，腿伤了，手破了，肩上背的小包袱也被划了个窟窿。

"回来了，俺回来了。"可她看到自己的新房里，只有婆婆一人在擦泪。婆婆望着满头大汗、上气不接下气的儿媳，止住即将滚落的泪水说："德玉家的，你晚来一步，德玉前脚刚走，你这后脚就进来了，咋就这么巧呢！"

李凤兰瘫坐在门槛上，心里有说不出的惆怅。

丈夫只留下一封信，上面有句话让她记了一辈子：胜利了，俺再和你拜堂；战死了，那是光荣的事，你不用难过，速速改嫁！

"沂蒙红嫂"雕像

日复一日、年复一年，李凤兰苦苦等待着丈夫归来。直到 1958 年的一天，蒙阴县民政局送来了烈士证书。原来，王德玉早已在莱芜战役中牺牲，由于当时部队南征北战，又加上通信不方便，未能及时通知当地政府。

十多年，耕种的土地没有变，土地上的孤单劳作没有变，等待中的相思没有变，众乡亲对她"新媳妇"的称呼没有变。只是她那缕缕青丝中，有了些许白发，光润的前额上添了浅浅的皱纹。

后来，婆婆多次劝她改嫁。可她看着白发人送黑发人的婆婆，不忍心离去，没有和丈夫相濡以沫，那就同婆婆相依为命。

几年后，她先后抱养了一个女儿、一个儿子。在给儿女取名时，她不忘丈夫留给她信里的话：胜利了，俺再和你拜堂；战死了，那是光荣的事。她给女儿取名叫"胜利"，给儿子取名叫"光荣"。

婆婆是在过完 80 大寿告别人世的。让李凤兰想不到的是，婆婆最后向家族的人提出了一个请求，让王家这一门的男女老少替她给李凤兰跪下，不跪，她就合不上眼。

"跪——"随着王家一位长者的一声高喊，不管辈分高低，也不管男女老幼，大家齐刷刷地跪了下来。这一跪，跪湿了李凤兰的双眼。几十年的形影相吊、心酸伤痛，被这一跪驱赶得烟消云散。

2008 年 4 月，李凤兰老人安详地离开了人世。但李凤兰的故事没有走，人们还是从心里称呼她——永远的新娘！

担架英雄高启文

"这朵大红花是红又红，启文哥前线立大功，他救护伤员如兄弟呀，英雄名字传华东，呀呼嗨呀呀呼嗨！"这是解放战争时期歌唱担架英雄高启文的一段歌曲。

陈毅担架队锦旗

提起高启文，在沂蒙老区无人不晓。他出生在平邑县高泉庄一个贫苦的农民家庭，自幼逃荒要饭，后来给地主扛活。平邑解放后，高启文分得部分土地，逐渐过上了温饱的生活，他对共产党怀有深厚的感情。在村内，他先当了民兵，后任调解委员，积极参加各项工作，光荣地加入了中国共产党。

1946年6月，高启文带头参加平邑县一区担架队，支援韩庄战斗，胜利完成任务，受到上级表扬。同年9月，为支援鲁南战役，平邑一区担架大队开赴前线，高启文在第二中队担任中队长。他以身作则，敢于吃苦，不怕牺牲，处处起到模范作用。在傅山口、泥沟等战场上，以他为首组成了"勇敢抢救小组"，跟随新四军七团，冒着敌人的炮火，抢救伤员，他被评为抢救伤兵模范。在支援宿北战役中，他带领中队

参加鲁南战役的临沂民工担架队

在向后方转运时，两天两夜往返500多里，出色地完成了任务，高启文所带中队获奖旗一面，他自己被总兵站评为华东一等担架模范。

1947年2月，高启文带领担架队的48名成员、9副担架开赴莱芜战场。他们不顾敌机的轰炸，冒着生命危险，带头将华东野战军的9车炮弹运送到安全地带，先后抢救出39名伤员，他被评为一等模范。他所在的担架队还荣获了"陈毅担架队"称号。后高启文被编入平邑县担架运输营担任连长，随军转战于泰安、孟良崮、济宁、宿县等地，他被评为"抢救担架模范"，荣立一等功多次。1948年1月，高启文被华东军区授予"华东支前担架英雄"的光荣称号。这年9月，他率领担架连参加济南战役，转运伤员和战利品，连续奋战36天，战后被评为一等模范。

淮海战役打响后，高启文随平邑一区担架营参加支前工作，他任运输连指导员。在火线上，他多次避开敌人的炮火和轰炸，掩护伤员，保护物资。运输途中，他跳入冰冷的河水中搭起临时木板桥，让50辆运粮车顺利通过。1948年12月末，高启文率队在安徽张庄前线救护伤员时，发现敌人的一辆坦克陷入水沟，高启文指挥40余名队员将坦克团团围住，经过一个多小时的激战，将坦克缴获。战后，他率领的运输连被评为模范运输连，他被评为一等运输模范。

解放战争中，高启文长年参加担架队、运输队，抢救伤员，运输物资，转战南北，屡立战功，多次受到部队首长的高度赞扬。陈毅元帅曾经动情地说："我陈毅死在棺材里也忘不了山东人民对我们的支援。他们在战斗中做出了许多可歌可泣的英雄事迹。鲁南平邑一区担架队就是一个范例……"1950年，高启文作为英模代表到北京参加了国庆观礼。

跨越时空的画像

当 94 岁的陈秀英老人看到她和丈夫董秀安的画像时，眼眶里瞬间噙满了泪水。她一遍遍地轻抚画像，思绪也回到了曾经的岁月。

陈秀英是莒县峤山镇黄草坡村人。1946 年，18 岁的她与比自己大 4 岁的董秀安结为夫妻。结婚第四天，董秀安决定响应号召，奔赴战场。

莒县地处沂蒙革命老区，抗战时期，翻过黄草坡村西边的梁甫山，就有一个日军的据点。每次敌人进村"扫荡"，全村老百姓只能牵牛

当陈秀英看到她和丈夫董秀安的画像后，忍不住一遍遍地轻抚丈夫的脸庞

拉驴四处躲避。有一次，趁日军吃饭，董秀安把日军的枪偷走了两支。从那时起，董秀安就加入了村里的民兵队伍。后来，民兵连长又向部队推荐了董秀安。

那天，天刚亮，董秀安就要出发去部队了，陈秀英一直将董秀安送到村口。两人依依不舍，含泪挥手告别。看着董秀安的身影消失在山路尽头，陈秀英才转身往家走。

董秀安兄弟姐妹六人，三个弟弟当时还未成年。父亲体弱多病，早早就病逝了。董秀安走后，陈秀英里里外外操持着整个家。白天，她要下地干活、照顾婆婆；到了晚上，她就在一闪一闪的煤油灯下纺线，一直劳作到半夜，有时累得连胳膊都抬不起来。

日子虽然过得清苦，但陈秀英的心里始终怀着期望，她盼着董秀安能打胜仗，早日回家。几个月后，董秀安所在部队路过莒县，部队首长特批他回趟家。那天，陈秀英恰巧回邻村娘家看父母，听人带信说丈夫回来了，她撒腿就往家里跑。

平时不觉得远的三里山路，这次对陈秀英来说却显得格外漫长。此时，董秀安也迎到了村口。陈秀英气喘吁吁地跑到了董秀安面前，两人四目相视，千言万语化作两行热泪。"我给你带回来一块布，你做件新衣服穿吧。"董秀安给陈秀英带回来的是四尺浅蓝色"洋布"。那时，村里人都穿自己纺线织的粗布。陈秀英把"洋布"披在身上，左看右看，非常喜欢。

"部队马上就要出

画家贾贵仟为陈秀英和董秀安创作的夫妻画像

发了，我得回去了！"董秀安忍不住说。

一听丈夫要走，陈秀英脸上的笑容瞬间凝固："就不能在家待一晚再走吗？"

"部队是有纪律的，说什么时间回去，就得什么时间回去。"

"那你什么时候还回来？"

"现在战事吃紧，不好说。"

"我等着你回来！"陈秀英含着泪说。

一句约定，带来无尽的期盼。陈秀英当时只有一个想法：他在外当兵打仗、保家卫国，她就把家里照顾好，等着他回家好好过日子。

董秀安走后，再无音讯。那些年，全家人的生活主要靠陈秀英一人张罗。在那个物资匮乏的年代，没有粮食吃，陈秀英就上山挖野菜，回家做成窝窝头、菜饼子，换着花样调剂伙食，尽量让全家人吃得可口一些。婆婆 81 岁高龄时，患病卧床不起，陈秀英守在老人病床前悉心照料。婆婆临终前想吃顿油条，陈秀英跑遍全村，东家借一瓢面、西家借半瓶油，凑齐了原料，炸了几根油条，满足了婆婆最后的心愿。

对于董秀安三个未成年的弟弟，陈秀英一直照顾着他们，并支撑着他们成家立业。董秀安的五弟董秀照去世后，留下一双年幼的儿女无人照顾，陈秀英再次担起抚养侄子、侄女的责任。多年后，侄女董克花的儿子丁帅在陈秀英的鼓励下参军入伍。

早些年，陈秀英曾等到一次丈夫的消息。那是 1948 年冬天，与董秀安一同参军的莒县籍战友带回前线的消息——董秀安在四平战役中牺牲了。

这消息如同晴天霹雳，陈秀英听了一病不起。她无法接受这个残酷的现实，悲痛之余，耳边又响起"我等着你回来"的约定。她的心中升起一个念想：这消息只是听来的，说不定哪天他就回来了。

陈秀英又重新打起了精神。心灵手巧的她把丈夫带回来的四尺"洋布"裁剪成一件大襟褂子，每到过节或闲暇时，她就穿上这件大襟褂子，站在村口送别董秀安的地方，默默地看着通往远方的小路。她多么期待那个熟悉的身影再次出现在自己面前，夸夸自己衣服做得漂亮。

1950 年，陈秀英收到了县里送来的董秀安的烈士证。那天，来送烈士证的工作人员告诉她，四平战役打得极其惨烈，董秀安时任东北野战军某部副连长，在 1946 年 8 月的战斗中壮烈牺牲。

这年，她刚 22 岁，婆婆和娘家人都劝她改嫁，但她都拒绝了。她强忍悲痛，用操劳家务来抵消对丈夫的思念。每到夜深人静之时，她的思绪就不自觉地飘到遥远的四平。

董秀安没有留下任何遗物。为了寄托思念，陈秀英亲手为董秀安缝制了一双布鞋。遗憾的是，后来一场火灾将用四尺"洋布"裁成的大襟褂子烧没了，这双布鞋也烧得只剩下鞋底。

这些年，黄草坡村发生了很大变化，陈秀英家的日子一天天好起来。但"千里孤坟，无处话凄凉"的画面时常进入陈秀英的梦中，让她彻夜难眠。

"我最大的心愿就是董秀安'回家'，兑现我和他的诺言。可这么多年，我又不知道他的尸骨埋在哪里。"2022 年 6 月，陈秀英对莒县峤山镇退役军人服务站登门走访的工作人员道出了自己的心愿。那天，陈秀英的故事感动了在场所有人。后来，通过查询烈士名录，工作人员了解到董秀安被安葬在四平烈士陵园。

不久后，在多方共同努力下，四平烈士陵园的工作人员在董秀安烈士的墓地取了一抔土，并将取土的全过程进行录像，带给了陈秀英。

迎接丈夫"回家"的这天，陈秀英早早起床梳洗了一番，她还把院子规整了一遍，就连家门口的小路也扫得干干净净。

　　董秀安的陵土被放在一个用红绸缎包裹着的盒子里。陈秀英从工作人员手中接过盒子时，双手有些颤抖。她将盒子紧紧地拥在怀中，喃喃地念叨着："回来了好，回来了好！"

　　当天，工作人员为陈秀英播放了四平烈士陵园取土的全过程。当陈秀英亲眼看到烈士碑上刻着"董秀安"三个字时，她才相信，丈夫真的牺牲了。

　　陈秀英的故事被报道后，引起了许多人的关注，其中包括中国美术家协会会员、山东省雕塑家协会会员、莒县籍画家贾贵仟。他萌生了通过还原的方式，为陈秀英与董秀安画一幅合影像的想法。

　　然而，董秀安没有留下任何照片，他与陈秀英又没有孩子，仅凭陈秀英的描述，很难把董秀安烈士的画像画得真切。为此，贾贵仟又走访了村里的老人、董秀安的侄子们，并找到了董秀安三弟年轻时的一张照片作为参考。经过多次的沟通与修改后，贾贵仟将陈秀英和董秀安的容貌定格在 20 多岁，画像终于成功。

　　莒县退役军人事务局的工作人员和贾贵仟把画像带到了陈秀英面前。陈秀英小心翼翼地接过画像，流着泪一遍遍地轻抚丈夫的脸庞。满头华发的陈秀英对在场的人说："这辈子，我与他相处的时光非常短暂，但我不后悔，他为国捐躯，是保家卫国的英雄，我为他感到骄傲。"

　　76 年的风雨，76 年的等待，在这一刻有了慰藉。

冀鲁边区的"刘胡兰"

1908 年，吴洪英出生于惠民县何坊乡王家湾村。18 岁时，她嫁给了牛茁村的牛连奎。虽然生活贫困，但一家人善良淳朴，丈夫是远近闻名的热心肠，吴洪英是十里八乡公认的巧媳妇。

抗日战争全面爆发后，日军从沧州侵入惠民、阳信两县，进行惨无人道的烧杀抢掠。日军的暴行，激怒了山东儿女。在这民族危亡之际，吴洪英的丈夫牛连奎毅然加入了中共地下党组织，并在本村秘密成立了抗日救亡联络站，由他亲自负责传递情报和上级文件。为了保守党的机密，牛连奎一直瞒着吴洪英开展地下工作。丈夫的秘密行为引起了吴洪英的疑虑，她在暗中观察中得知丈夫加入了中国共产党。她非但没有阻止丈夫，还时常冒着生命危险，帮助、代替丈夫完成上级交给的任务。在丈夫牛连奎的影响下，她逐渐明白了抗日救国的道理，全力支持丈夫的工作，由一个家庭妇女逐步成长为一名革命战士。

解放战争期间，共产党领导人民打土豪、分田地。地主、土豪不甘心失败，随国民党军队进攻解放区，反攻倒算，烧杀抢掠，无恶不作。

1946 年 8 月 8 日，国民党"还乡团"包围了牛茁村，要搜捕牛连奎及其他共产党人，他们的口号是"打进牛茁村，活刮牛连奎"。吴洪英不顾个人安危，勇敢地掩护丈夫和其他共产党员转移。就在这一天，吴洪英不幸被捕，落入了敌人的魔爪中。匪首班潘敏一听说吴洪英是牛连奎的妻子，分外眼红，他立即命令匪徒把吴洪英五花大绑起来，不分青红皂白，对着吴洪英一通毒打。敌人连推带搡，把吴洪英押到了街上。吴洪英抬眼一看，匪徒们正从各家各户往街上赶人，街上挤满了男女老少。农会会长牛树林、民兵牛之如被绑在一棵老槐树上。

"好啊！咱们今天是冤有头、债有主，赊账的还账，欠债的还钱！看见了吗？"班潘敏得意忘形了，他抬高了嗓门大声对吴洪英说，"这就是给共产党做事的下场！说吧，牛连奎在哪里？你说了我不追究你，一人做事一人当，说了我马上就放了你！"

吴洪英一直沉默不语。

"好啊，敬酒不吃吃罚酒，给我打！"棍棒相加，一阵毒打，吴洪英虽多处受伤，但她仍是咬紧牙关，一言不发。"我要杀只鸡给猴看看！"班潘敏咆哮着，"砍下牛树林的脑袋！"一个匪徒按照班潘敏的命令，怀揣明晃晃的钢刀，向牛树林走去……牛树林英勇牺牲了。

吴洪英悲愤交加，怒火满腔。匪徒的疯狂举动并没有吓倒吴洪英，她大义凛然，坚贞不屈，依然没有吐露半字。惨无人道的匪徒割下了吴洪英的一只耳朵，逼着让她说出共产党员、农会干部的名字，她忍痛说："谁是共产党员、农会干部我都知道，就是烂在坟地里，也不会告诉你们。"

匪徒搬出一口铡刀继续威逼："再不说，这里就是你的上天之地！"吴洪英面不改色，冷笑一声，毅然决然地向铡刀走去。"不知道！就是不知道！"吴洪英向班潘敏啐了一口。她用力一甩凌乱的头发，转脸对乡亲们说："乡亲们，我去了，咱们要记着这血海深仇啊！"

班潘敏跳起来，狼嚎似的奔向铡刀……罪恶的铡刀按了下去，黔驴技穷的匪徒将吴洪英活活地铡成了三段。山河呜咽，草木含悲，全村群众掩面而泣，泪如雨下。

"为民赴死最从容，一片丹心映碧空。怒向铡刀全大义，感天动地女英雄。"吴洪英壮烈牺牲，年仅38岁，她被当地干部群众誉为"冀鲁边区的刘胡兰"。

"人民功臣"赵海英

赵海英生于冠县的一个贫苦农民家庭，自幼以务农和讨饭为生。婚后，丈夫长年累月给富人家扛活，她也给人做佣工，过着饥寒交迫的生活。共产党领导的村政权建立时，她当上了村干部。

1946年，刘邓大军决定在冠县设立后方医院，需要安置伤病员三万多人。赵海英所在的后张平村正是后方医院的中心，全村常驻二三百名解放军伤病员。在这期间，赵海英将整个身心倾注在伤病员的安置与护理上。大量伤员的涌入，使得伤员安置成了一个让人头疼的大难题。为了让每一个伤员都有地方住、都有人照顾，赵海英挨家挨户地发动，说服群众为伤病员安排住处。有时伤员多安置不下，她就带头把自己仅有的两间住房腾出来，自己则和家人打"游击"，后来干脆在院子里挖地窖搭窝棚住。在她的带动下，乡亲们纷纷效仿，解决了伤病员安置困难的问题。

伤病员的衣服、被褥被放在赵海英家，她分派拆洗，再由她督促、检查、验收，有时不好分派她就干脆自己包下来。每隔几天，她还要带领妇女干部、儿童团员挨家挨户地慰问伤员。

有一次，因为劳累过度，赵海英生了病，浑身无力，头晕眼花。她一声不吭，带病坚持工作，挨家挨户了解情况，为伤员洗衣做饭、打扫卫生。在她的精心护理下，伤病员一个个好了起来，他们常常被赵海英无私的奉献付出感动得热泪盈眶。

"不能让解放军亲人光着脚上前线打仗！"赵海英看到很多伤病

员的鞋被磨破了，就动员组织全村妇女给伤愈的解放军战士纳制"拥军鞋"。没有布料，她就拆掉自己婚嫁时的新被子做鞋。

有一段时间，由于连续的阴雨天，村里做饭没有柴烧。

解放区妇女赶制军衣军鞋支援前线

"要让伤病员吃上热汤热饭，这有利于他们康复。我这个村干部不带头想办法，谁带头？"她说服家里人，带头捐献出自家准备磨面吃的榆树皮当柴烧。战士们吃上了热乎饭，而赵海英一家人却要饿肚子。

由于治疗伤病员需要大量输血，医疗队没有足够的库存，出现了"血荒"。为了解决缺血问题，赵海英立即号召村里的妇女成立了"妇女献血队"，她自己带头献血，在不到一个月的时间里连续献血两次。每次献血，她都让医生多抽些。医生看她面黄肌瘦，怕她吃不消，就劝她为了革命工作要保重身体，丈夫也劝她不要如此拼命，她却说："再抽一次血也死不了，战士们在前方打仗连死都不怕，我多抽点血算啥？"

赵海英用自己朴实的行动，感动了许许多多的伤病员，使他们坚定了战胜病魔、克服困难的信心。在她家疗伤的一个排长病好归队时，下跪致谢，眼含热泪地称她为"亲娘"。

1947年，因支前工作突出，赵海英被冀南区党委授予"特等拥军支前模范"的光荣称号，冀南区政府和部队后方医院联合送给她"人民功臣"金匾。2022年8月，聊城市创作了大型红色原创舞台剧《金字匾》，将赵海英的拥军支前事迹搬上了舞台。

"活烈士"韩成山

  1947 年,国民党军队疯狂向解放区进攻。沂蒙山区作为革命老区,自然受到了国民党军队的"格外照顾",蒋介石派出了王牌部队整编七十四师进行"围剿",企图一举消灭革命力量。

  这年 4 月,按照上级指示,韩成山所在的华东野战军八纵二十四师七十团三营七连负责从正面阻击敌七十四师,掩护部队和群众转移。4 月 26 日凌晨,韩成山跟随部队急行军 20 里,赶到黄崖山。部队刚把兵力布置好,国民党军七十四师就"兵临山下"。敌军先是以四架飞机、两个炮兵营对黄崖山阵地进行狂轰滥炸,然后以一个营的兵力发起冲锋。

  战斗异常惨烈。敌人的一个营被打退了,再增加一个营;两个营被打退了,又以一个团从正面进攻。战斗从上午打到下午,镇守阵地的七连连续打退了敌人的七八次进攻。七连战士伤亡过半,弹药将尽,情况十分危急。这时,解放军八纵队从蒙山安全转移,上级命令七连迅速撤出战斗。但是,此时坚守黄崖山主峰的七连一排被敌军死死围住了。

  黄崖山主峰西面是深 480 米的悬崖,北面是深沟,此时成千的国民党士兵从东面的坡上如蝗虫似的涌上来。

  "同志们,人在阵地在,跟敌人拼到底!"排长朱际昌下了命令。不久,子弹、手榴弹都打光了,战士们抱起石头砸向敌人。这时,韩成山听到距离阵地十多米的敌人高叫着:"抓活的!"朱排长将身上的最后一枚手榴弹扔向敌人,随后纵身跳下悬崖,韩成山也随着排长纵身一跃……

不知过了多久，韩成山醒了过来，眼前是满天的繁星。"难道我还活着？"韩成山想站起来，却感到钻心的疼痛。这时他发现自己的右腿骨折了，右手拇指被打断了，浑身上下全是伤。此时，韩成山已经一天两夜滴水未进，他又累又渴。好不容易熬到了天亮，他突然发现有个头发花白的老农向他走来。"大爷，给我点水喝。"韩成山说。"你是什么人？"老农惊讶地问。"我是解放军。"一听韩成山是解放军，老农迅速将他背到一个大石洞里藏起来。老农名叫石贞文，是蒙阴县垛庄镇东大洼村人。石贞文每天都给韩成山送来煎饼和水，并采草药给他治病。当时食盐紧缺，石贞文把家里仅有的一点盐拿出来给他清洗伤口。

一次，石贞文给韩成山送来了羊肉汤，韩成山一问才知道，老人把家里仅有的一只小羊宰了。跳崖时都没掉过一滴眼泪的韩成山，被感动得热泪直流。在石贞文的精心照料下，韩成山先后转移了四个隐藏的地方，养伤 71 天，右腿和右手的伤处基本愈合。而这时"还乡团"还在不断搜山，石贞文赶紧制作了一对拐杖，烙了一大包煎饼，趁着黑夜将韩成山送下山。韩成山架着双拐，经过七个晚上的夜行，平安地回到了老家沂南县辛集镇招贤村。

后来韩成山才知道，黄崖山一战，解放军以一个连的兵力成功阻击了国民党军七十四师两个团的进攻，消灭了 600 多个敌人。韩成山所在的七连被授予"英雄连"的荣誉称号。战后不久，部队在沂水县隆重举行追悼大会，沉痛悼念在黄崖山阻击战中光荣牺牲的烈士，其中就包括韩成山，韩成山的名字被刻在了孟良崮烈士陵园的石壁上。

直到 1977 年，当年参加过黄崖山战役的机枪班班长刘楹厚在寻访战斗旧址时，偶然得知当年牺牲的烈士韩成山还活着，才把这位在家乡隐居 30 年的战斗英雄"挖"了出来。

陈毅担架连

"渤海第三连，真正是模范；学习搞得好，生活能改善；从没开小差，飞机打不散。"这是陈毅司令员为寿光县民兵担架连题的词。

1947年，为粉碎国民党反动派对山东地区的重点进攻，寿光县临湖、泊东两区民兵和群众组成123人的担架连，被编为渤海子弟兵团担架队二团三连，单连桂任连长，王春三任指导员，于3月出发随华东野战军七纵队执行任务。

担架队员们长期在平原地区生活，踏上崎岖不平的山路时非常吃力，几天下来，大家的脚掌上长满了血泡，走起路来疼痛钻心。大个子队员郝道淮自己带的鞋底磨透了，新发的鞋穿不上，他就干脆光着脚走，还主动帮助别人背粮食、扛架子。有时赶上连续行军，一走就是几天几夜，队员们个个咬紧牙关，紧跟部队，谁也不肯掉队。

一次，队伍行军到达洱河岸边，因暴雨河里涨满水，激流滚滚，难以渡过。为了争取时间，担架队员们臂挽着臂、手拉着手，集体与激流搏斗，终于把部队机关的物资安全运过河去，并帮助部队文工团员顺利渡过激流险滩，部队首长赞扬他们有智有勇。

在担负抢救伤员的任务中，部队首长只让担架连在二线抢救，但是队员们再三要求参加一线抢救任务。孟良崮战役时，二排排长刘玉汝奉命带两个班扛着十几副担架，冒着枪林弹雨冲上前沿阵地抢救伤员。由于山坡陡峭，担架没法抬，担架队员就背着伤员爬行，衣服被荆棘划破了，膝盖被乱石磨烂了，仍咬牙坚持，有的队员连续往返超

担架队冲过敌人火力封锁线抢救伤员

过三次。在临朐战役中，一天夜里，战斗非常激烈，担架队副指导员马泮祥带领二排，背着 20 多名伤员，从前沿阵地向包扎所转移，路经一块开阔地，在敌人探照灯的照射和火力封锁下难以通过。二排排长刘玉汝灵机一动，迂回到一侧一块巨石的后面，用树枝挑起军帽，将敌人的火力吸引过去，担架队员乘机背起伤员火速通过。同年 7 月，担架连随部队到达沂源大石桥村，正当队员开饭时，国民党军飞机突然来袭，一颗炸弹在六班附近爆炸，有九名队员牺牲，六人负伤。大家掩埋好战友的尸体，收拾起沉痛的心情，又投入到新的任务之中。

1947 年 11 月，担架连胜利完成任务。该连历时 9 个月，随军转战 26 个县，行程 17000 里，参加战役战斗 60 余次，涌现出一等功臣 3 人、二等功臣 26 人、三等功臣 34 人。华东野战军七纵队十九师司令部、政治部授予该连"陈毅担架连"的光荣称号。

渡江先锋孙以安

孙以安是电影《渡江侦察记》中侦察英雄的原型之一。

1914年，孙以安出生在烟台市福山县（今福山区）茂芝场村的一个贫寒家庭，7岁时父亲去世，因生活所迫，他13岁时便随船出海打鱼谋生。

长期的海上生活，不仅使孙以安锻炼出结实的身躯和刚强的性格，而且使他练就了一身高超的游水本领。有一次，海上突然刮起大风，木质的渔船被浪头打翻，船上的渔民全部落水，孙以安凭着坚强的毅力和良好的水性游了一天一夜，终于爬上了岸。

孙以安深知中国共产党是为广大贫苦百姓过上好日子而奋斗的政党，他常常利用出海捕鱼或外出卖鱼的机会，为共产党地下组织传递情报、运送药品、掩护人员，为解放烟台做出了很大贡献。

1947年10月，孙以安返回家乡，积极响应人民政府支援前线的号召，参加了北海军分区独立二团狮子山阻击战的支前工作，他先后三次冒着枪林弹雨冲入前沿阵地，给部队送弹药，抢救伤员。

"打过长江去，解放全中国！"辽沈战役、淮海战役、平津战役三大战役胜利结束后，党中央决定以百万大军发起渡江战役。孙以安作为支前民工，跟随解放军，在安徽省和县一带江岸待命，担负起运送第三野战军某部渡过长江的任务。由于孙以安水性好、体格壮，所以他被分配在渡江先遣部队第一梯队，属于开路先锋，要抢先到达对岸侦察和发信号。

1949 年 4 月 21 日晚，趁着夜色朦胧，孙以安和另一名民工架着一艘木船，运送十几名渡江先遣部队官兵过江。渡江前，孙以安向渡江官兵表示："我在同志们在，我能过，同志们都能过。"说罢，他便架着船快速向长江南岸驶去。

木船像一把利剑，穿越 1000 多米宽的江面，刺向敌人的胸膛。到达江中心时，遇上了敌人的巡逻艇。敌军开始实施炮火拦截，激战中，敌军炮弹击穿木船，战士们就用棉絮、身体堵漏。敌人再次开炮，江中波涛汹涌，水柱冲天，孙以安所驾木船被击沉，十几名战士落入水中。

在这危急时刻，孙以安奋不顾身，拿出事先准备的绳子，冒着敌人的枪林弹雨，奋力向落水战士游去。一个，两个，三个……落水战士被陆续救上岸来。就在搭救第七名战士时，一颗子弹打中了孙以安的右肩。孙以安忍着剧痛，凭借过硬的水性，把落水的战士全部救到长江南岸。

"糟糕！我的文件包还在水里，包里装有敌人设防图和我军作战计划。"渡江先遣队的一名干部随身携带的文件包不见了，大惊失色。

"别急，我去江中找！"孙以安一边安慰这名干部，一边分析判断文件包在水中的位置。借着微弱的月光和炮火，孙以安很快锁定了文件包的位置，他再度潜入水里，迅速捞出了作战公文包。

由于体力消耗太大，孙以安一上岸就昏倒在江岸上。当他醒过来时，上岸官兵正向反扑过来的敌人射击，并迅速在岸边用树枝点起了三堆柴火作为信号，向部队报信。部队接到信号后，万帆齐发，突破了敌人的防线，取得了横渡长江的伟大胜利。

渡江战役结束后，华东支前司令部、政治部给孙以安记特等功一次，华东支前委员会授予他"支前英雄"的荣誉称号。

柘沟妇女运粮队

"小毛驴呀耳朵长，吃苦耐劳走四方，不怕山高路又远，驮着布袋送军粮。"这是一首赞美泗水县柘沟妇女运粮队的民歌，它激励着更多的妇女投身拥军支前。

1947年春，国民党军队对山东解放区实行重点进攻。为控制岚兖公路，全副美式装备的国民党机械化部队十一师于3月间向泗水移动。敌人所到之处，安设据点，扶植国民党杂牌军，重建反动政权，组织"还乡团"，拉夫抓丁，派捐抢粮，残杀革命志士，犯下了滔天罪行。

面对国民党反动派的猖狂进攻，泗水县积极开展支前活动，做到"有人出人，有粮出粮""随叫随到，随要随有"。年轻力壮的男人，一批批地参军和组成基干民兵，还有的组成担架团随军作战。

就在国民党十一师进驻泗水城前不久，县委接到上级指示，做好

参加支前的民众

撤离转移工作，特别是粮食，要保证一粒也不能落入敌人手中。按照县委的部署，柘沟区委召开了紧急会议，研究如何将仓上村的三万斤粮食转移到圣水峪山区。

敌人再凶猛，也得吃饭，转移了粮食，就等于削弱了敌人的战斗力。可眼下形势紧张，男劳力大都上前线了，剩下的也都有安排，无法组织人员运粮。这时，区妇救会主任秋霞主动请缨，要承担运粮任务。区委认真分析研究了她的意见，鉴于当时的特殊情况，区委同意了。

短短几天，区妇救会、村妇救会便活跃起来。她们计算着，三万斤粮食要运出去，需要100多人、100多头牲口。妇救会在秋霞的带领下，走遍了柘沟区的十几个村庄，动员出40多头驴、6辆独轮车。400多名妇女积极报名，其中有50多岁的小脚老大娘，也有结婚才几天的新娘子，还有怀抱吃奶孩子的小媳妇。区里研究挑选了体力较好的200多名妇女，并配备了少量男劳力。

运粮队组成了，队员们自找工具、自备干粮。妇救会要求大家要像正规部队一样，发扬吃苦耐劳的精神，严格执行运输安全纪律。他们直奔仓上粮站，装粮出仓。妇女们有牵驴的、有拉车的、有挑的、有扛的，趁着黑夜出发了。

运粮队披星戴月，途经芹柏、临泗，来到泗河边。时值初春，河水冰凉刺骨，他们脱下鞋袜，高卷裤腿，淌着河水，左右摇摆，蹒跚前进。队员刘秀兰脚小，肩上背着粮，她宁可湿了衣服，也保证不湿粮食。过河后，人累驴乏，他们稍事休息，就继续向前赶路了。

运粮队跋山涉水，两天后，他们来到龙湾套山坡。国民党军的飞机发现了他们，进行疯狂的扫射。秋霞指挥大家迅速分散隐蔽。慌乱中，驴群受惊，甩下粮袋，乱跑乱叫，少数队员受了伤。敌机走后，队伍重新集合，发现少了几头驴，有些粮食被撒在山坡上。他们赶紧四处找驴，几名妇女到附近的村里借来裤子，用针线把裤腰缝死，把散粮装上，扎紧裤腿，扛在肩上，又继续前进。

终于到了圣水峪，队员们像卸下了千斤重担，精神抖擞地进了村。当人们看到这些英姿飒爽的妇女队员时，都惊叹不已，赞不绝口。

运粮队返回路经临泗徐家林时，被国民党十一师的尖兵发觉，"砰！砰！"鸣了几枪。究竟有多少敌人、是什么部队，运粮队摸不清。危急时刻，秋霞急中生智，憋粗了嗓门高喊："前面发现敌情，各部队密切注意，一连在前，准备冲锋，二连紧跟，三连守住后尾。"运粮队浩荡前进，脚步声、甩鞭声、驴叫声混在一起。

因为天黑，敌人尖兵也摸不清运粮队的情况，他们误认为是解放军大队人马经过，吓得龟缩在徐家林隐蔽处，一动不动。运粮队成功迷惑了敌人，顺利地回到了柘沟，完成了运粮任务，受到区委、县委的表扬。

妇女火线桥

1947年5月12日下午，孟良崮笼罩着一层神秘的气氛。华东野战军司令部已经下达了作战命令，13日凌晨将向盘踞在孟良崮的国民党王牌部队整编七十四师发起总攻。

在孟良崮以北约10千米的沂南县马牧池乡东波池村，为紧急支援孟良崮战役，时任沂南艾山乡妇救会会长的李桂芳和几个妇女干部在村内等待接受上级安排的任务。

太阳快落山时，西波池村党支部书记王纪明气喘吁吁地来到东波池村找到了李桂芳，传达了上级布置的紧急任务：天黑以后，五个小时以内，必须在崔家庄与万粮庄之间的汶河上架起一座桥，保证进攻孟良崮的部队顺利通过。

这时，村里的青壮年男子都支前去了，部队说不定什么时候就到，面对架桥任务，李桂芳一时不知所措。

"五个小时以内，或许是一两个小时，部队就有可能来到，这么短的时间，桥能架得起来吗？再说，架桥的材料到哪里去找？"李桂芳将妇救会成员们凑在一起商量，大家也提出了不同的疑虑。

"搭木板桥！"就在大家焦急万分时，东波池村的妇女干部刘曰兰终于想出了办法。"对！搭木板桥。"李桂芳高兴地跳了起来，"没有木板大家摘门板，没有桥墩人扛着。"一个别出心裁的架桥计划就这样诞生了。于是大家分头行动，摘门板，联络人员。

夜幕降临，32名妇女扛着门板，相继在崔家庄东头的河边上聚齐。

为了尽快把桥架起来，李桂芳在做了简短的动员后，便脱掉鞋子，挽起裤腿，先下河去选择合适的架桥地点。上岸后，她按照妇女们的身高，把差不多等高的搭配成双，每四个人扛起一块门板，依次排列起来，在岸上架起了一座"人桥"。为了确保万无一失，"人桥"又移到河中，李桂芳在上面试走了一趟，感到平稳牢固后，才放心让妇女们撤到岸上，等待部队的到来。

晚上 9 时左右，华东野战军九纵队的一支队伍急行军来到河边。一名干部模样的人站在河边，面对着河水显得很着急。

"同志，辛苦了！"李桂芳赶紧上前搭话。这个人却好像没有听见，只是自言自语地说："桥呢？"

"在这。"李桂芳转过身去，朝妇女们喊道："架桥！"话音刚落，按预定的顺序，妇女们抬起门板朝河里走去……桥，奇迹般地出现在部队面前。

看到这种情景，战士们实在不忍心通过。李桂芳大声喊道："同志们！时间就是胜利！时间就是保证！快过桥！"

这名干部紧紧地握住李桂芳的手，连声说："谢谢！谢谢同志们！"随后，他朝身后的部队喊道："同志们！前边是咱们的姐妹们为我们搭的'人桥'，我们要轻踩、慢跑，走当中！"在他的指挥下，队伍踏上了"人桥"。

刚开始，前面的部队知道是人搭起的桥，都有意放轻了脚步。可是，随着天越来越黑，后来的部队不知道桥的"秘密"，只管加快脚步，迅速过河。他们一个比一个快，一个比一个重。一分钟、两分钟、三分钟……桥下的姐妹们咬紧牙关坚持着。

暮春的河水凉气袭人，在"桥"下面，河水漫上了妇女们的腰部，她们双脚踏在河底的沙石上，引起双腿抽筋，疼痛酸麻。左肩膀压疼了，他们就换成右肩膀；腰挺酸了，就弯下腰弓着背驮着，谁也没有喊叫一声。32名伟大的女性就像32座坚固的桥墩，牢牢地钉在那里……

就这样，一个多小时的时间里，一个团的战士从32名妇女用柔弱肩膀架起的"人桥"上通过，火速奔向孟良崮战场。当战士们的脚步声消失在炮声隆隆的前方时，这些妇女却被冻得周身麻木，累得瘫倒在河边。她们当中，有的因此落下终身残疾，有的终生没能生育……

这个架"人桥"的故事，作为一个秘密，在32位姐妹的心底一直藏了20多年，从未向世人提起过。20世纪60年代末，《红云岗》剧组在临沂体验生活时，李桂芳谈起此事，才被剧组创作人员发现。当年架桥的32名沂蒙红嫂中，只有8位留下了珍贵的照片，5位留下了名字，其他19位架桥红嫂，人们已经记不清她们的名字，可她们的感人事迹却永远铭记在大家心中。

沂蒙六姐妹

　　1947 年 5 月初，孟良崮战役即将打响，有着 150 多户人家的蒙阴县野店镇烟庄村，成年男子都随部队到前线了，就连六七十岁的老人也给解放军当向导去了，这个小小的山村便成了"女儿国"。

　　村里有六个好姐妹，都是共产党员，她们看到前方战事正紧，村里人手少、任务重，为了前线的胜利，她们便主动担起全村的工作。张玉梅当村长，伊廷珍当副村长，其他人分别担任文书、财粮员、公安员等职务，村里的工作很快就正常运转起来。

沂蒙六姐妹（拍此照片前，公方莲已病逝）

解放军大部队到了庄头，她们主动迎上前去。部队的管理员和司务长给她们敬了个礼，说："请问你们的村长在哪儿？"

张玉梅笑着说："我就是，有任务请安排！"

"我部队现需要支锅做饭、添米购菜、歇脚住宿……请村里的父老乡亲给予便利！"部队的管理员和司务长用疑惑的目光看着六姐妹。没想到六姐妹受领任务后，都一一办理得顺顺当当、妥妥帖帖，这让指战员们十分敬佩，从此"沂蒙六姐妹"的名字便在解放军队伍中间传开了。

一天，区上的通信员送来了一份紧急通知，要她们村给解放军的骑兵战马筹措草料5000斤，并火速送往指定地点。六姐妹发动全村筹措草料，虽然她们年轻力壮，但毕竟都缠过脚，爬山越岭实在不便。尤其是伊淑英，身怀六甲，行动更是困难，过思骇岭的时候，她只觉得两条腿像灌了铅似的，怎么也抬不起来了。听到远处战马嘶鸣，她知道筹措草料十万火急，硬是咬牙完成了任务。

刚完成筹措草料任务，六姐妹又接到紧急通知，要她们在两天之内将5000斤粮食加工成煎饼运往前线。看罢通知，她们一盘算，全村能烙煎饼的不过70人，两天内每人要烙70多斤粮食的煎饼，其中要经过运输、分配、碾磨、烙成等七八道工序，能完成吗？

可是，她们又转念一想：前方战士正在冲锋陷阵、流血牺牲，为了谁？决不能让亲人饿着肚子打仗！于是六姐妹分头发动。入夜时分，全村碾滚磨转，妇女们挑灯夜战，大家齐心协力，硬是想方设法把煎饼按时运到了前线。

战役打响后，担架队抬着伤员纷纷到来，一时间又忙坏了六姐妹和其他妇女们。正当她们为伤员包扎伤口、给战士们发慰劳品时，区上又连续下达了三批做军鞋的任务，总计245双，要求五天完成。

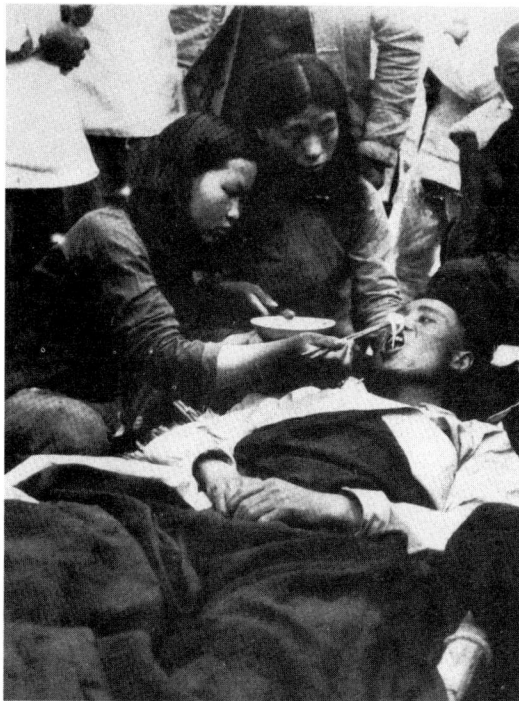

158 ■ 在孟良崮战役中，沂蒙大嫂（沂蒙六姐妹之一）精心照料伤病员

烟庄村妇女们毫无怨言，又默默地拿起了针线。眼明心细的冀贞兰做得一手好针线活，她忙活了一整天，帮着姐妹们打鞋壳、弄鞋帮、纺线捻绳。夜深了，她又坐在昏暗的油灯下纳鞋底。鞋底纳好了，到纳鞋帮时她又犯了难，鞋面布不够了。没有找到合适的布料，她就把自己正穿的上衣大襟撕下来做了鞋面布。第五天下午凑鞋时，全村完成300多双，比下达的任务数多了几十双。

孟良崮战役打得最激烈的时刻，六姐妹又接到往前线运送弹药的任务。她们六人联络了几个骨干，翻越20多里长的羊肠小道，一直将弹药送到前沿阵地。前线将士看着这样一支妇女运输队，一趟又一趟地运送弹药，更加燃起了勇猛作战的斗志。

"沂蒙六姐妹"是革命战争年代沂蒙老区涌现出的一个女英雄群体，她们的名字是张玉梅、伊廷珍、公方莲、杨桂英、伊淑英、冀贞兰。曾任中共中央政治局委员、中央军委副主席的迟浩田上将高度评价"沂蒙六姐妹"在革命战争年代和社会主义建设中做出的突出贡献，为她们欣然题词："沂蒙六姐妹，拥军情不忘。"

沙河崖改村名

1947年6月下旬的一天，阳谷县蒋家庄村的干部接到县里发来的通知：解放军渡河指挥部设在蒋家庄，请做好一切接待准备。

第二天，部队刚来到村头，村民们就涌向村头，敲锣打鼓地迎接大部队的到来。走在最前面的两位首长穿着洗得发了白的灰布军装，一个身材魁梧高大，戴着一副眼镜，显得儒雅慈祥；一个身材不高，但体魄刚健，双眼炯炯有神。他们与迎上来的群众一一握手问好，然后说笑着向村里走去。过后村民们才得知，走在最前面的两位首长是赫赫有名的刘伯承司令员和邓小平政委。

"首长来了，一定要保证他们的安全，不能把他们安排在显眼的地方，要找一个隐蔽的院子给首长住。"村里的干部群众在高兴的同时，压力也格外大。最后，村干部经过一番商议，决定让首长住到普通农户孔月仙的家中。

房东孔月仙住在蒋家大胡同里，这里要通过三道大门才能进入小院。这是一处坐西朝东、两出两进的四合院，建筑布局严谨，房屋结构典雅壮观，颇具鲁西民间建筑风貌。后院正房三间，东厢房二间，西厢房二间；前院有西厢房三间，南屋东面是个向东出的大门。就是这座看似不起眼的四合院，成为刘邓首长运筹帷幄、指挥12万野战军强渡黄河天险的指挥部。

后院的东厢房是刘伯承司令员的住室，西厢房是邓小平政委的住室，正房是房东住室。刘邓首长为什么住在东西厢房而没有住在正房呢？当时正值炎热的夏天，房东把相对凉爽的正房打扫好，准备让首长住。刘邓首长不愿给房东添更多麻烦，坚持住厢房。房东孔月仙说："那可不行，厢房里太闷热了。"刘伯承司令员指着警卫员拿着的扇子说："天热不要紧，我们把牛魔王媳妇的芭蕉扇借来了，轻轻一扇那热气就全跑了。"说得大家哈哈大笑起来。就这样，他们坚持住到了厢房里。

为支援刘邓大军渡河作战，冀鲁豫解放区先后出动民工 500 多万人，修造船只，训练水手；为驻军腾房子、做鞋、磨面；送运物料、粮、柴，组织担架团、轮战团，更有不少青壮年踊跃参军入伍。

在渡河前夕，邓小平政委召集村干部开会，会议快结束时，他铿锵有力地对大家说："蒋介石的败局已定，蒋家王朝就要灭亡，新中国即将诞生，'蒋家庄'也应有一个新的名字和新的面貌。你们这个村紧靠赵王河，又到处堆满黄沙，就叫'沙河崖'吧！"在场的村干

160 ▪

1947 年 6 月 30 日夜，刘邓大军在山东阳谷县张秋镇至郓城县临濮集 150 千米的八个地段上强渡黄河

黄河远景

部都齐声拍手叫好，从此蒋家庄改名为沙河崖。

　　6月30日夜，刘邓首长一声令下，12万大军突破国民党黄河防御战线，揭开了战略反攻的序幕。晋冀鲁豫解放军主力共四个纵队，从临濮集到位山300里地段强渡黄河。刘邓首长率指挥机关离开沙河崖村，由孙口渡河，南下渡河后，迅速发起鲁西南战役，人民解放军夺取郓城，攻占定陶、曹县，激战六营集和羊山集，经28天奋战，歼敌九个半旅、五万六千余人，战略进攻初战告捷。接着以排山倒海之势，千里挺进大别山。

生死不渝"母子"情

1941年深秋，日军对沂蒙山抗日根据地实行"铁壁合围大扫荡"。山东纵队司令部的一名战士在沂水县院东头镇桃棵子村的挡阳柱山附近侦察时，被日军发现，身中五弹、两刺刀。日军以为战士已死，便离开了。

这名战士虽身受重伤，但还没有死去。他静静地躺在地上，不知过了多久，一阵凉风使他苏醒过来。他慢慢地睁开眼睛，用手摸了摸肚子，发现肠子淌了出来，便用力按了进去，用衣服勒紧，紧咬牙关，向桃棵子村爬去。也不知道过了多长时间，他终于爬到一户人家的门口，便再也没有力气，昏死过去。

这户人家姓张，主人名叫张文新，妻子名叫祖秀莲。祖秀莲在出门时发现了受伤的战士，便急忙唤来老伴，一同把战士架到家里，赶紧为战士擦洗包扎伤口，战士慢慢苏醒过来。看到战士失血过多，祖秀莲便想给他喂点淡盐水喝，可是怎么也喂不进去，原来他的口中全是血块和断牙。祖秀莲将他口中的血块和碎牙抠出来才把水喂了进去。祖秀莲把家中仅有的一点玉米面熬成稀粥喂给他喝，又上山采来艾蒿等中草药为他疗伤。

为了给战士增加营养，祖秀莲晚上纺线，白天到集市上换回一点粮食，还把家中仅有的一只下蛋的母鸡杀了，熬成鸡汤喂他。在祖秀莲的精心照料下，战士的伤一天天地好起来。

日军就驻扎在桃棵子村，不时地到各家各户搜查，整个村庄被恐怖笼罩着。把战士藏在家里，祖秀莲感到实在不安全，于是她就唤了几个侄子，将战士抬到了山上大卧牛石下的一个岩洞里，用石块和玉米秸把洞口挡上，每天按时来给他送水送饭，擦洗包扎伤口。

有一次，祖秀莲在给战士换药时，发现他腹部的伤口上爬满了蛆虫，祖秀莲的泪水一下子涌了出来，这可怎么办啊？她忽然想到，庄户人家腌咸菜时缸里生蛆了，只要放上几片芸豆叶，蛆就自己爬了出来。可当时已是深秋，要找几片芸豆叶也是不容易。她四处寻找，终于在村东的菜园地里找到了几棵即将拔架的芸豆秧。她如获至宝，采了一些稍嫩点的叶子，便急匆匆地回到山洞。祖秀莲跪在战士的身边，用力揉搓着芸豆叶，把挤出来的汁液滴在战士的伤口上。芸豆叶的汁液滴进去没多久，伤口里的蛆虫就爬了出来，祖秀莲又用艾蒿水为他擦洗了伤口，重新包扎起来。

战士躺在那里，望着满头大汗的大娘，仿佛回到了母亲的身旁，他心里想：如果今天是母亲在这里，她又能比大娘多做些什么呢？这不就是我的亲娘吗？此时的战士早已泪流满面，他情不自禁地喊了一声："娘！"

这名战士在桃棵子村疗伤 29 天，在祖秀莲的悉心照料下，奇迹般地活了下来。之后祖秀莲打听到在不远处的中峪村有一个八路军的后方医院，便和侄子们把战士送了过去，继续疗伤。

后来祖秀莲才知道，这名战士名叫郭伍士，老家在山西省浑源县，1938 年随抗日东进部队进入沂蒙山，任山东纵队司令部侦察参谋。伤愈后他又回到了部队。

1947 年，郭伍士被安排复员。但他没有回山西老家，而是被分配到一个叫随家店（今沂南县）的村子看粮库。他十分想念祖秀莲老人，便四处打听她的下落。他打听了很多人家，都不是他要找的人。于是，他便挑起一副担子，一头是烧酒，一头是狗肉，一边叫卖，一边寻亲。他走村串户，四处打听，终于在 1956 年的一天找到了祖秀莲。见到救命恩人的那一刻，郭伍士双膝跪地，泪流满面。祖秀莲也是激动不已，热泪盈眶。郭伍士当即认祖秀莲为母亲，决心终生奉养老人家。

1958 年，郭伍士携带妻儿来到桃棵子村安家落户，像亲生儿子一样孝敬祖秀莲老人。每次领回伤残补贴，或是上级发给他的油和米面，郭伍士都会分给祖秀莲一些；祖秀莲也像对待亲儿子一样，为郭伍士拉扯儿女，为他缝洗衣裳。

1977 年 7 月，祖秀莲老人去世的时候，正巧郭伍士因老家的侄子意外去世回了山西老家，他回来的时候得知老人家去世，悲痛万分，在祖秀莲的坟前痛哭了三天三夜。1984 年，郭伍士去世，从此他永远长眠在了沂蒙"娘"的身旁。

一件红棉袄

1947年隆冬，国民党军进攻胶东，华东野战军九纵二十六师在即墨打了一次阻击战。战斗结束后，七十七团开到莱阳城西北方向的小李村做短期休整,村民王秀兰家安排住下了团卫生队调剂室的工作人员。

当时，由于环境艰苦，卫生条件差，部队中疥疮的发病率很高，团卫生队买不到凡士林或猪油，就用花生油配制一部分稀溜溜的"疥药膏"为战士治病。

一天，调剂室工作人员张植枫在取疥药膏时，不慎将药盆弄翻，大部分疥药膏浇到了张植枫的棉袄前襟上，这突如其来的情况让他不知所措。王秀兰和她13岁的女儿秀子听到响声，从东房间走了进来。王秀兰一面安慰他，一面又找旧布擦他衣服上的油膏，那油膏一沾上衣服，怎么也擦不干净。王秀兰娘儿俩回到外间低声嘀咕起来。

不一会儿，只见秀子拿来一个蓝包袱，外面还沾着些碎草末。她把包袱放在炕边打开，原来是一件红色的棉袄。这时王秀兰手里也拿着个旧纸包进来，她提着红棉袄对张植枫说："快把脏棉衣脱下来，先换上这件红棉袄吧！这还是我出嫁时穿的，怕国民党来了抢去，我就把它藏在厢房草堆里了。"

张植枫把油棉衣脱下来，拿起红棉袄在灯下端详起来：袄是斜襟的，衣襟和领子都镶着黄边，闻起来还略带点霉味。他想把袄翻过来穿，让红面朝里，可是翻过来一看，里面竟然也是红色的。张植枫拿着棉袄，不好意思穿，只好把它放在一边。

过了一会儿，王秀兰进屋来，见张植枫还没有穿上，似乎明白了他的心思，着急地说："十层单不如一层棉，你这样会着凉的。晚上又不出去，红的怕什么？暖和就行呗！"

说话间，王秀兰把红棉袄给张植枫披上。秀子见张植枫穿着红棉袄扭扭捏捏，像个大人似的给张植枫上起了政治课："红的有啥不好？好事就是用红色代表。革命红旗、红色政权、红色根据地、工农红军……你穿红棉袄，就成了'红军'了。"她的嘴像爆豆似的，把张植枫和王秀兰都逗乐了。

突然，一阵急促、嘹亮的集合声响彻夜空，这是行军前的检查。张植枫一听号声着急了，红棉袄怎么穿出去？他急中生智，跑回房间把单军衣套在红棉袄外面，赶去集合。好在大家都没有看出来他穿了红棉袄，站在队伍中，虽然寒风从身边"嗖嗖"刮过，可他从身上到心里，都感觉暖融融的。

全队检查完毕，张植枫回到王秀兰家里，看见秀子正在炉旁翻来覆去地烤他那黄棉衣片子，又听见东房间传出"蹚蹚"的声音。张植枫进去一看，王秀兰正在给他弹棉衣的棉花。

"你大叔给部队抬担架去了，他要在家就好了，他弹得更好。"接着，王秀兰又问张植枫，"你棉袄里的棉花怎么没弹过，这样穿着能暖和吗？"

"国民党进攻胶东，被服厂疏散了，直到天落雪花，才发下棉衣片子和这样的棉花，没顾上弹。棉袄还是我照着葫芦画瓢自己缝的呢！"张植枫一边回答一边抓起一把浸过油的棉花，一股硫黄味直钻鼻子。

"那棉花不能用了，我家还有多余的棉絮给你换上。"张植枫顺着王秀兰指的方向，发现炕西头有一片用过的棉絮套子，外面略带点红色，八成新，大小足有棉衣前襟那么大。张植枫再看灶房烘棉衣片子的秀子,她那红底印着小杂花的棉衣前襟只剩下两层单布,空荡荡的,下边还没来得及缝,边上挂着棉絮和线头。

见此情景,张植枫都明白了,他的眼泪瞬间像断了线的珠子,他说啥也不让王秀兰给他换棉絮。

"你在外边冰天雪地,行军打仗,可不比我们在家。"王秀兰安慰张植枫说,"你走后叫秀子穿你身上这件红棉袄,等全国解放了,日子就好过了,我给她做件红花缎子的,比这件红棉袄强。"

第二天,天刚蒙蒙亮,号角声把张植枫从梦中唤醒。他坐起来,见被子上盖了一件又干净又松软的黄棉衣。他摸了看,看了摸,针脚一般大,针距一样宽,穿在身上觉得格外暖和。他知道这是王秀兰娘俩忙活了整整一个通宵做的棉袄。临出发时,张植枫把那件红棉袄方方正正地叠好放在炕头上,向它行了一个军礼。

王秀兰还用这件红棉袄挽救过一名革命战士的生命。再后来,这件红棉袄被中国人民革命军事博物馆收藏,成了军民鱼水情的实物见证。

钢铁队长刘丕典

刘丕典是招远县东良村人。1948年秋，年仅22岁的刘丕典在村里的动员支前大会上，自愿报名参加支援济南战役的常备民工行列，后在招北担架团二中队六分队任小队长。这年9月14日起，刘丕典奉命到招远县夏甸村集结，随队向西南进军。

由于战事激烈，上级要求干部、民工徒步急行军，迅速到达目的地。刘丕典一行过平度、进高密，到达诸城北以后，转而向西到安丘境内。刘丕典他们本是农民，现在过着晓行夜宿的军事生活，队员们都不大习惯。有的人思想动摇，怕越走越远，不能回家，心情沉闷不乐；

济南战役结束后，山东人民支援大军南下。图为浩浩荡荡参加淮海战役的支前民工担架队

有的人脚上起泡，行进困难，
就口出怨言；有的人干脆装
起病来……

　　作为担架队小队长的刘
丕典见此情景，内心十分焦
急。他向上级汇报了队员的
思想状况，自己主动在宿营
时做队员的思想教育工作。
他开展了"比困难、比艰险、
比奉献"思想教育，明确了
支前的目的，解除了个别队
员的顾虑。对所谓的"病号"，
就"假戏真演"抬他走，用
自己的实际行动感化他……

民兵、民工在火线上抢运伤员

　　行军中，队员们饿了，刘丕典就想方设法调剂伙食，让队员们吃
饱吃好；队员们累了，他就烧好热水，为队员们泡泡脚，解解乏。通
过耐心的思想工作和细致的关怀，这个 29 人的担架小队的精神面貌焕
然一新，一直跟随大部队做好支前保障。

　　在高桥整训待命时，深秋已过，缺少棉衣成了问题。刘丕典捏了
捏口袋里的三块银圆，那是家里人怕他长途跋涉受委屈，给他应急用的。
他主动捐了出来，买来棉花，分给队员做棉衣。在他的影响下，队员
们纷纷捐钱捐物，互相调剂，制作棉衣，御寒棉衣问题得到了有效解决。

　　"一切为了伤员，一切为了部队战斗胜利"是刘丕典战前动员常
挂在嘴边的一句话。11 月中旬，正值天寒地冻、北风呼啸，济南太平
庄一带的战斗相当激烈。在运转一个重伤员的时候，刘丕典主动把自

己的棉衣脱下来，盖在伤员身上，自己却顶寒风、冒战火，抬着伤员急速奔驰，感动得伤员热泪盈眶。

炮声隆隆，战火纷飞。担架被炸毁了，刘丕典就用分队节省下来的菜金买木料连夜赶做；人员不足了，就由原来五人抬一副担架改为四人抬一副担架。为了让伤员得到及时救治，刘丕典撒开两脚，来回飞奔。在他的带动下，六分队全体队员个个像铁打的英雄汉，顶风冒寒，不知疲倦，出生入死，先后转运伤员近千人，其中从火线上转运的伤员就有483人，胜利地完成了转运伤员的任务。

1949年2月，在山东兖州评功发奖时，刘丕典被评为"民兵英雄模范个人"，他所辖小队被华东支前委授予"打不垮、拖不乱，无一人掉队的钢铁小队"的光荣称号。由于在支前过程中功绩显著，刘丕典光荣地加入了中国共产党。

一根小竹竿

"一根竹竿行万里，省县村镇刻分明。胜利回来留纪念，传给后代好革命。"这是莱阳市西陡山村支前英雄唐和恩刻在一根竹竿上的诗句。这根饱经战斗风霜的小竹竿被陈列在中国人民革命军事博物馆里，上面刻满了淮海战役中的支前"故事"。

1948 年秋天，正在地里忙着收庄稼的唐和恩听说村里要组织民工队到淮

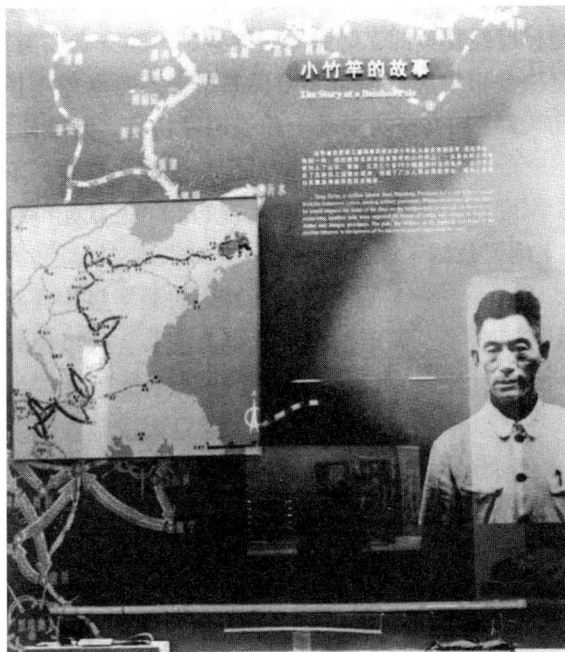

支前模范唐和恩的小竹竿

海前线去，便放下手里的活，急忙跑到村支委会去请战。在他的带动下，村里很快组织起一个支前运输小组，被编入当时的陶障区运输队运送公粮，唐和恩被指定为副指导员兼小队长。临行前，唐和恩携带了一根三尺多长的小竹竿，累了用它当拄棍，过河用它来探路；有时会遇到野狗，就用小竹竿防身。后来经过的地方多了，他突发奇想，要看一看这次支前究竟能走过多少村镇、多少县，因为没有纸笔，所以每到一地，他便用针尖把经过的地名刻在这根小竹竿上。

竹竿顶端，刻着从家乡出发的地点：山东省胶东地区莱东县陶障

区；后面一串，是支前的路线：水沟头—平度—临淄—蒙阴—临沂—徐州—萧县—宿县—濉溪口……这条支前路横跨山东、江苏、安徽三省共27个县、88个村镇，行程达4000多千米，真实地记载了唐和恩支前小队艰苦而光荣的历程，也记载了人民群众为革命战争胜利立下的不朽功勋。

支前路上异常艰苦，唐和恩带领的支前小车运输队队员们吃的是高粱米、萝卜干，车上的白面、小米却一点儿都没动，留给前线战士。

在牌庄地区，一条20多米宽的河道挡住了去路。当时正值隆冬，西北风卷着小雪，河上漂浮着薄冰块。唐和恩脱下棉衣，抬着粮车首先下河，冰冷的河水像针一样扎在他的身上。唐和恩和队员们刚一上岸，还来不及穿衣服，敌人的飞机就来了。运输队跑步行军将近一公里，才离开了危险地带，穿上衣服。停下来的时候，队员们都冻得浑身青紫，可是没有一个人有怨言，大家反而情绪特别高涨，都兴奋地说："敌人的飞机也挡不住我们运粮队！"

一路上，唐和恩每到一处，就向群众宣传解放战争的形势和党的政策，鼓舞队员们的士气和斗志。他还自编一些故事、笑话，在休息

支前民工车轮滚滚把粮食运往前线

时讲给大伙听。有时还唱上两段地方小戏曲，以驱除队员们征途上的疲劳。一次，走到临朐一带，唐和恩拉的小车一下子陷进了泥坑，拉也拉不动，推也推不转。最后，他憋足劲，猛地一拉，绳子断了，他一头栽在泥坑里，牙齿磕掉了一颗。队员们劝他休息，唐和恩爬起来风趣地说："前方的战士身上穿个窟窿都照样冲锋，咱磕掉个牙算啥！"又继续和大家并肩前进。

"解放军打到哪里，我们就支援到哪里！"在近半年的支前运输中，唐和恩和队员们常常顶风冒雨，忍饥耐寒，翻山涉水，日夜奔走，把一车车粮食、弹药源源不断地送上前线，把一批批伤员安全顺利地转移到后方。遇到下雨天，他们就把身上穿的蓑衣脱下来，盖在粮车上，避免淋湿军粮；遇到刮风下雪，他们就把身上的老棉袄脱下来，盖在伤员身上，不让解放军战士挨冻。鞋子跑掉了，脚都磨出了血泡，但他们始终活跃在支前路上，硬是将小推车从胶东推到淮海，推到了淮海战役胜利的那一天。

淮海战役结束后，唐和恩被评为特等功臣，荣获华东支前委员会授予的"华东支前英雄"荣誉称号。他带领的小队被评为"支前模范队"，荣获"华东支前先锋"锦旗一面。电影《车轮滚滚》中那位携带竹竿、推着独轮车的主人公耿东山的原型就是唐和恩。

半截老棉袍

1948 年 11 月，淮海战役全面打响。家住乐陵县张枝梅村的普通农民石连生响应号召，第一个报名加入支前担架队，被任命为渤海军区一军分区一担架团二营六连三排八班班长。

当时正值隆冬季节，天寒地冻。临行前，妻子特意为石连生做了一件衣长过膝的棉袍，厚实暖和，希望能够帮他抵御前线的严寒。

石连生带着八班的十几个支前民工跟着担架团的队伍离开了乐陵县城，夜以继日地奔赴淮海战场。路上，石连生推着装满军用物资的木轮小车，感到无比振奋和自豪。一天早晨，天空忽然刮起了大北风，

1948 年 11 月，华东野战军开赴淮海战场

本来就是滴水成冰的季节，这一刮风，更是寒气袭人了，支前民工们的眉毛和头发上都结上了冰凌。石连生裹了裹身上的棉袍，心里特别感激细心的妻子想得周到。

到达前线后，石连生变成了一只旋转的陀螺，往上运送军需物资，往下运送伤员，昼夜忙个不停，常常累得腰都直不起来。

一次，解放军阵地遭到了敌人炮火的猛烈轰击，石连生率领担架队员在前线抢送伤员。一位战士的大腿被子弹打穿，鲜血不断涌出，急需止血包扎。此时，前线到营包扎所的道路都被截断，后续部队增援受阻，又找不到纱布和绷带，眼看着受伤战士不能得到及时救治，石连生心急如焚。情急之下，石连生迅速把自己新棉袍的下襟撕开，抽出里面的棉絮，为伤员擦去腿上的泥土和血污，又撕下袍襟布条为他包扎止血。最后，他干脆把棉袍脱下来，垫在了伤员的身子底下，火速把伤员送到了战地医院，伤员得到了及时治疗。

"宁可牺牲自己，也要抢救伤员！"这是石连生常挂在嘴边的一句话，也是他实际行动的表现。一次夜间抢救伤员，石连生像往常一样从棉袍上撕布条为伤员包扎。包扎时，他发现一位重伤员的腹部胀得厉害，大小便不通，生命垂危。由于离卫生所远，没有导尿和灌肠的医疗器械，石连生毫不犹豫地俯下身去，用嘴给伤员吸小便，用手指给伤员抠大便，再用棉袍里的棉絮为伤员擦身体，成功地挽救了这位伤员。

看见伤员有污物，石连生就顺手从棉袍里撕下来一块棉絮擦血；伤员冻得浑身发抖，他就脱下棉袍盖在伤员身上。没有人统计过他抢救运送了多少伤员，只有他身上的那件棉袍不断变薄、变短、变破。到淮海战役结束时，妻子给他做的那件过膝长袍只剩下短短半截，成了一件破旧短袄。石连生从此落下了老寒腿的病根，一到雨雪天，骨

向淮海前线送军粮的小车队在雪地上前进

头缝里便钻心地疼，他不到 60 岁就挂上了拐杖。

石连生在淮海战役、济南战役、濮阳战役、徐州战役等几大战役中，都留下了拥军支前的闪光足迹。他先后辗转于山东、河北、河南、江苏、安徽五个省，八个月行程 5000 多千米，出色地完成了运粮、抢救和护送伤员等任务。他被第三野战军评为"特等支前功臣"，荣获一枚支前英雄奖章，所在担架团被华东支前委员会评为"模范担架团"。1951 年，作为支前特等功臣，石连生应邀赴京，受到毛泽东主席和周恩来总理的亲切接见。

1965 年，江苏省徐州市建起了革命英雄纪念馆，在纪念馆内的革命英雄功劳塔上，刻有石连生的塑像。半截棉袍作为国家二级文物，被陈列在徐州淮海战役纪念馆内，成为山东人民奋不顾身、无私奉献、踊跃支前的有力见证。